醍醐一梦

唐家小主 著

天津出版传媒集团
天津人民出版社

图书在版编目（CIP）数据

醍醐一梦 / 唐家小主著. -- 天津 : 天津人民出版社, 2018.9
ISBN 978-7-201-13931-9

Ⅰ. ①醍… Ⅱ. ①唐… Ⅲ. ①中篇小说 - 中国 - 当代
Ⅳ. ①I247.5

中国版本图书馆CIP数据核字(2018)第179263号

醍醐一梦

TI HU YI MENG

出　　版　天津人民出版社
出 版 人　黄　沛
地　　址　天津市和平区西康路35号康岳大厦
邮政编码　300051
邮购电话　（022）23332469
网　　址　http：//www.tjrmcbs.com
电子信箱　tjrmcbs@126.com

责任编辑　安练练
策划编辑　蔡咏梅　马锦文
装帧设计　杨思慧

制版印刷　湖南凌宇纸品有限公司
经　　销　新华书店
开　　本　880×1230毫米　1/32
印　　张　9.5
字　　数　186千字
版权印次　2018年9月第1版　2018年9月第1次印刷
定　　价　32.80元

楔子

树叶被风吹得婆娑起舞，夜空中，弦月躲进厚厚的云层，让原本沉寂的黑夜变得更加幽静起来。

不远处传来阵阵脚步声，夹杂着刀剑划过石面的刺耳声。

从树林深处踉跄着跑来一个布衣女子，背上背着一个用黑色的缁布缠得鼓鼓的包裹。她一边往后张望，一边抓着树干往前奔跑——她已经跑了两个时辰，体力早已透支。

那群持刀的黑衣人紧追不舍，手上沾着鲜血的刀剑在夜色中泛着凛厉的寒光！

“坚持……坚持住啊——”女子跑出树林，却发现前面没路了。

她情急之下，钻入一处隐秘的草丛中，把后背的缁布取了下来。她将缁布散开，赫然露出两个熟睡的婴孩！

女子抱起其中一个，爱怜地抚着她的脸庞，热泪一滴一滴落在襁褓之上：“孩子，娘对不住你。云大人是娘亲的救命恩人，娘亲答应了他要好生保护小姐，只是苦了你了……”

危如累卵之际，容不得女子悲伤。她迅速脱下一层外衣，将刚出生的云大小姐盖住放在草丛中，然后抱着自己的孩子继续往前跑。然而，前方之地，是一处悬崖。

“交出孽种，饶你不死！”黑衣人逼近布衣女子！

女子摇了摇头，愈发用力地将孩子紧紧抱在怀里：“你们真的要如此赶尽杀绝吗？”

领头的黑衣人眉峰一沉，抬起右手一挥：“上！”

“告诉你们头领！”女子往后一退，清斥道，“我与小姐即使死了，来年也会化为厉鬼找他索命！”言罢，她决绝地往后一仰，身子坠下悬崖。

“不好！”领头的黑衣人从袖口中抽出一道铁链，将女子怀中的孩子夺了回来，那女子的身影没入悬崖，消失在幽黑之中……

第一章

赌酒大会初相识

俯仰之间，时光已过去十六载，昔日种种已被尘封在岁月的尘埃里，若无人问津，它便永不被提起。

弄泉县是距京师最近的一座小县区，别瞧它只是区区一座小县区，名头可响着呢！在这县上，有一间远近闻名的酒坊，名叫“醍醐酒坊”。这醍醐酒坊酿出来的酒有着“京师绝香”之称，除了当年司酒坊的圣手云轩，再无人酿得出能比得过醍醐酒坊的酒。

只不过云家包括云轩在内因一场灭顶之灾，一夜间倾覆，现已鲜少有人提起。偶尔有人追忆时，也只剩下感叹和惋惜。

话又说回那醍醐酒坊。

醍醐酒坊每年都会在弄泉县举行赌酒大会，聚各方识酒、爱酒之人品酒，优胜者能获得醍醐酒坊陆家的一大笔奖金！

“青山哥哥，那醍醐酒坊有那么厉害吗？每次来弄泉县，你都要同我讲这些，我耳朵都听得起茧子了！”弄泉县的街上，走着一个身穿白蓝色布衣的少女，她双手捂着耳朵，脸上神情微微不悦。

即使她衣着粗简，依旧掩盖不住绝好的容貌和眼睛里跳动的灵气。

那个被称为青山哥哥的是一个年轻捕快，他跟她是青梅竹马。他小跑两步追上少女，眼睛放光一般道：“你不晓得，我要是能拿到那笔奖金，那我离当捕头的日子就不远啦！”

云想想驻足，盯着年轻捕快，头一歪，问：“青山哥哥，你是不是又想对那个什么知县大人行贿！你这样是不好的！”

“想想，想想。”柳青山拉住云想想的手，道，“我也是为了让你和莲姨有更好的生活，你想呀，我一个小小捕快，要多少年才能攒够银子来娶你呀？”

“人家又没有非要你拿银子娶我！”云想想脚一蹬，别过头去，小脸气得红鼓鼓的。

柳青山见她露出如受气小媳妇儿的模样，忍不住宠溺地揉揉她头发，道：“好了，我听你的，踏踏实实做好本职工作便是，不气了好不好？想想。”

云想想见柳青山服软，于是不再生气了，她提溜着手上系着麻绳的酒曲，退了一步，道：“既然青山哥哥那么想参加赌酒大会，那么想想便陪青山哥哥去一趟吧。不过青山哥哥要同想想约定，赴这一场赌酒大会，只为初心，不论输赢！”

柳青山一顿，反应过来时禁不住抱紧云想想，道：“好，好！我听想想的！谢谢你，想想。”

云想想晓得，在陆家赌酒大会上拔得头筹，是柳青山一直以来的梦

想，她如何能不支持？

陆家赌酒大会远近闻名，每年都能吸引不少人。这群人里，只有少部分人是真正的爱酒之人，另一部分不过是垂涎那笔丰厚的奖金。

云想想与柳青山穿过拥挤的人群，站在了赌酒台下。

果然是场面很大，稠人广众，云想想禁不住暗想。

此时，台上忽然鸣起一阵锣声，“铛——”的一声，沸沸扬扬的会场顿时安静了下来。

只见那台上走来一位年约四十的儒雅管家，身边跟着一个约莫十八岁的姑娘。那管家样貌平平，姑娘却生得十分好看，她寄着一袭鹅黄裙衫，身披水绿色轻纱披帛，头上梳着朝云近香髻，别了支镶花蝴蝶簪。瞧她模样，更是水灵娇媚，眼波流转，藏着一股机敏劲儿。这等美人，怕是在弄泉县找不出第二个了。

“那是陆家小姐吧，长得俏丽不说，小小年纪就在商场上扬了名，着实厉害啊！”

“这妹妹是厉害，可陆家那个纨绔少爷今年还是没出席啊，兄妹二人看起来真不像一个爹生的。”

一时间，各种议论不绝于耳，隐匿在人群中的陆容非冷眼扫过眼前七嘴八舌的人们，轻蔑一笑，展开手中的折扇轻摇起来：“无知小儿，你们懂什么！”

几日前，妹妹气冲冲地找到他，硬说爹最近身子不舒服是被他给气的，要他在赌酒大会上好好表现一番让爹高兴高兴。

陆容非自然不愿，暂不说他教训隔壁钱庄少爷并没有错，毕竟是对方欺负酒楼卖唱姑娘在先，言语挑衅在后，挨了打，那家伙也只能自认技不如人。另一方面，他陆容非自小就无心商场，生意场上的故作姿态、阿谀奉承并不适合他这洒脱自由的性子。

他如此生活了十九年，早就洒脱自由惯了，老爹也早已习惯，怎么可能此时因为他生病？

陆容非拒绝了陆风瑶，风瑶却又以为他代劳商家每月总结为条件，让哥哥去参加赌酒大会。

这个条件对于陆容非来说，太诱人了。他早就烦透了每月花上美好的一天时间去听那些老头挨个唠叨，现在妹妹愿意帮自己接过这个大麻烦，他自然愿意顺水推舟。

于是，这个在外人眼中没出息的少当家，果然很没出息地应允了陆风瑶。

陆容非回过神来，看着眼前的人潮，果然同他事先调查的结果一样，来参赛的大多数是酒庄的年轻一代接班人，大家都想着在大会上一举成名，顺便帮自家酒庄做个宣传。

富家子弟多纨绔，这些看上去仪表堂堂的公子哥，大多数空有其表，也就苏州府的青竹酒庄少当家向志远勉强算是一个对手。

陆容非一个甩手把折扇收起来，一边把玩一边观察着四周情况，嘴角挂着一抹意味深长的微笑。

“欢迎各位前来参与今年的弄泉赌酒大会，老朽在这表示感谢。”陆管家走到台中，双手作揖，彬彬有礼道，“接下来，我们将按照惯例先从混合的百家酒中进行闻香抢答酒名，优先答出三题者可以上台领取奖金。闻者有份，大家都可以踊跃抢答。下面请出第一坛百家酒。”

话音一落，便有家丁捧着一坛百家酒走了上来。

人群顿时涌动起来，纷纷往台前靠近。云想想遭人一推，险些摔倒，多亏柳青山及时扶住她。

陆风瑶淡然地瞟了一眼台下，手法娴熟地打开酒塞，点头示意家丁捧着酒坛绕场一周。

那股酒香飘散在赌酒台上，香味由清淡转为浓烈，香醇怡人。

台下议论纷纷的为寻常百姓，他们不懂酒。而那些胸有成竹的酒庄少爷，却似胜券在握。

“陆姑娘，这可是混有晨露的杏花村酒？”有年轻的酒庄少爷禁不住说出答案，灼热的目光却落在陆风瑶身上。

陆风瑶微微一笑：“公子只说对了一半。”

“呃……那另一半？”自信的酒庄少爷轻轻咬牙，却再也说不上另一半答案。

此时，人群中忽然有一道清亮的声音响起：“除了晨露，这另一半嘛，是黄昏时留有余热的清泉，雨后冒尖的茶叶。晨露、清泉、茶叶、杏花，一样也少不得。”

众人循声而去，见是那个摇着折扇的陆家少爷。

酒庄少爷道：“陆兄你说得有理，但你是陆家之人，你说的答案，不作数。”

陆容非哈哈一笑，望着台上的陆风瑶，道：“妹妹，看来我这个少当家当得还不是那么失败嘛，竟然有人会认为我懂得闻酒。啧，但我陆容非无所事事、偏爱喝酒的性格方圆百里谁不晓得啊，如果韩兄说我的答案不算数，那是不是在怀疑在下作弊呢？妹妹啊，有人说你我串通呢，这可如何是好？”陆容非打开折扇，微微挡住半边脸，委屈地看向那酒庄少爷。

酒庄少爷连连摆手，急忙解释道：“陆姑娘，在下，在下没有这个意思！”

“没有这个意思，那么本少爷与家妹就算不上串通了。既然没有串通，我凭自己本事闻酒得出的答案，为何作不得数？”陆容非面上带笑，语气却咄咄逼人。

酒庄少爷不知如何是好，只能抬起目光向陆风瑶求救，但陆风瑶并未理会他。

见到此出闹剧，云想想忍不住笑了笑。

她自小对酒就特别敏感，小时候经常跟柳青山等一众小伙伴闻香猜酒闹着玩，哪一次小伙伴们不是乖乖认输？她还曾因这个天赋被隔壁小花赐名小酒怪，说她小小年纪就嗜酒，长大了是祸害，气得想想跟她打了一架。

如今，这个酒庄少爷识得不错，陆家少当家识得更不错，只不过……他们在云想想面前，不过班门弄斧而已。

“陆公子的答案当然能算数，但小女子这里有更好的答案，陆家姐姐，小女子还可以答题吗？”云想想娇俏清脆的声音打破尴尬的局面，她嘴角露出成竹在胸的微笑。

“可以。”陆风瑶道。

那酒庄少爷宛如见到救星，侧过身子忙道：“姑娘快说，你有什么更好的答案？”

云想想的目光缓缓移向陆容非，嘴角的笑意更深。陆容非阴沉着脸，直直盯着她，心里暗道：哪里来的野丫头？居然坏本少爷好事……

合起扇子，陆容非一下一下轻敲手心，走到云想想面前，扬着下巴道：“你说你有更好的答案，要是说出来后我觉得不好怎么办？”

柳青山见状微微向前挺了挺胸膛，想要护在云想想面前，但被云想想拉住了。

眼神暗示柳青山稍安勿躁，云想想轻飘飘地看了眼陆容非，把视线移至陆风瑶身上：“好不好可不是你说了算，只要答案是对的便可。”

这下陆容非哑口无言了，他这跟特意凑上脸去挨了人一巴掌有什么区别？

陆风瑶则忍着笑，配合地点点头。

“行，那我祝您‘一鸣惊人’。”陆容非稍稍朝云想想凑近，皮笑肉不笑道。

云想想双眼弯弯，懒得再回答。

她闭上眼，再次嗅了嗅空气中残留的酒香，睁开眼语气悠然道：“这酒里有晨露，有黄昏时留有余热的清泉，有雨后冒尖的茶叶，还有杏花……”

“哎哎哎，你这不跟我刚才说的一样嘛！”听了前半段话，陆容非连连出声打断。

云想想话被打断也不气，笑着侧头望向他。

她那清亮的眸子里好似缀着细碎的星子，在睁眼的瞬间，竟让陆容非呼吸一滞。

“你说的这些都没错。”云想想说道，“但酿酒酿酒，除了酿酒的原料，容器也是不容忽视的。”

“容器？”谈及正事，陆容非眉头微皱，短暂思考后，他像是忽然想到了什么似的朝云想想望去。

而云想想也在他明白过来的眼神里，慢悠悠道：“这酒是以沉香木木桶为容器，而非瓷器。木桶所酿之酒，其香味更加浓郁持久，口感也更加浑厚。所以，这酒里还有沉香味。”

云想想大胆的话令原本热闹的场面瞬间安静了下来，直到陆风瑶拍手称赞，围观人群才发出惊叹声，陆容非脸上的戏谑也少了不少。

酒庄少爷至此长舒一口气，掌声尤为响亮，站在他身边的陆容非扫了他一眼，他手上动作一顿，将手背到身后，不好意思地笑了笑，陆少当家这才移开目光。

“想想，你真厉害。”另一边，柳青山喜溢眉梢。

旁人的称赞或许不算什么，但柳青山说的这么一句，云想想便娇羞地红了脸，嘴上说着“哪里”的谦虚话。

不知为何，陆容非有些见不得云想想这模样。

“猪八戒戴花。”陆少当家低声说了句，然后阔步走上前对陆管家道，“人呢？人呢？第二壶酒怎么还不端上来？可别让某些乡下人以为咱们这赌酒大会如此简单。”

“乡下人！”云想想狠狠瞪了陆容非一眼，但比起嘴皮上的功夫，她更乐意用实力说话。

等到第二坛酒端上来，陆容非细细分辨后，刚张嘴说了个“青梅花雕”，云想想便快速打断他。

“酸甜适口的青梅酒兑上甘香醇厚的花雕酒，再佐以幽香的桂花，最后埋在高温的土壤里加速发酵。以这种方式发酵而成的酒，口感会比正常发酵的酒更烈，可又因为原料里有青梅和桂花，所以完美融合掉这股凶猛的冲劲。这酒，可以说是真正做到了先苦后甜，回味无穷。”

不同于前一种在酿酒原料上取巧的酒，这次的酒更注重味道，但因发酵过程非同一般，因而容易误导旁人，辨错酿酒原料。

“这回可是我先说的。”在云想想大气都不喘的情况下说完一长段话后，陆容非终于找到他那可怜的存在感了。

他原本还想着借此机会好好羞辱一番这个不知从哪里跑来，驳他脸面的乡下丫头呢！

“刚才听那位公子说，您是陆少当家是吧？”云想想笑里藏刀，“您这无所事事的纨绔少爷，连这大赛也是自己妹妹主持的，但这规矩您该是懂的呀。”

在云想想将陆容非与陆风瑶作对比时，陆容非气得手指直哆嗦，陆风瑶则掩面一笑，想来自家这哥哥以往天不怕地不怕，如今倒是遇上对头了。

“这是赌酒，亦是辨酒，可不是什么看谁先举手的三岁小孩儿游戏。”最后半句话说完，云想想笑眯眯地看着陆容非，陆容非这下连掐死她的心都有了。

好啊，这乡下野丫头诋毁他就算了，竟然还讽刺他是三岁小孩儿！可偏偏……可偏偏他还挺欣赏她的！

别误会！他只是欣赏她对酒的天赋，以及那个比狗还灵的鼻子。

“这是自然。”陆容非脸上情绪变化万千，最后还是笑着回答，“姑娘这比狗还灵的鼻子，在下甚是佩服，只是你既然有答案，就早些说才好，免得让我误会。”

听到“狗鼻子”，云想想瞪了陆容非一眼，但还是好奇追问：“让你误会？误会什么？”

陆容非脸上露出得逞的笑容，云想想还来不及摆手打断，他便折扇一开，抛去个媚眼，潇洒说道：“误会你非得跟在我屁股后面跑啊。”

真是登徒子！云想想心中气得慌，但几次交手下来也明白自己说不过这人。她咬咬牙，别过头望向陆管家，只盼快些比完赛，拿下奖金好离开。

“想想，你别跟他一般见识。”柳青山凑到云想想耳边小声安慰，“他一个大男人，还是陆家少当家，比不过你心生难堪罢了，等奖金到手，咱们就回去过好日子，离这人远远的，保证一辈子都见不着。”

云想想被柳青山的话逗笑了：“你怎么知道一辈子也见不着？兴岩镇离弄泉县也不远……”

两人的悄悄话陆容非当然听不见，但光看那腻歪的模样，他就直起鸡皮疙瘩。幸好第三坛酒及时搬上来了，让他的双眼得以清净。

说是第三“坛”，其实并不准确，因为家丁是以托盘端着六个酒杯上来的。

“姑娘说对了两关，这是第三关，只要这关再答对，便可获得此次赌酒大会的奖金。”陆管家对云想想道。他话音刚落下，端酒的家丁便随意选取了几杯酒掺和在一起。

其实不止是管家，事情发展至此，原来想来凑热闹的人都变成了看热闹的，而今年的赌酒大会，似乎也变成了陆容非和云想想的两人擂台赛。至于一小部分心怀遗憾的人，在看到第三道测试题的时候，则彻底死了心。

今年的第三关，比以往都复杂。因为酒杯里的酒本身就是百家酒，此刻经家丁之手一调，再辨其味，可谓是难上加难。

百家酒兑百家酒，这可不是一加一等于二那么简单。

不过云想想对此倒没什么感觉，只是听到这是最后一关了，她的眼神总忍不住往柳青山身上瞟。

按照柳青山先前的话，云想想总有种在给自己赢聘礼的感觉……

“弄泉赌酒大会，最后一辨，开始——”随着一声锣响，云想想回过神，脸上满是自信。

不过这次她在答辨前先看了陆容非一眼，出乎意料的是，陆容非竟对她比画了个“请”的手势。

“装神弄鬼。”云想想小声嘟囔一句，随即上前细细辨别家丁递来的酒。

“这里有以荷花蕊、莲子调味的清爽款玉米酒，有以炒大麦、荞麦调味的猛烈款高粱酒，还有以苹果、甘蔗调味的香甜款糯米酒……”停顿片刻，云想想又皱眉接道，“还有药酒。”

最后一句话她说得不太确定，因为前三种酒用料都极其讲究，这最后一味药酒实在太过跳脱，不合常理。可思及眼下是赌酒大会，这怪异

的搭配也不是不可能……

“姑娘确定？”陆管家笑眯眯地问。

云想想再三确认，点点头。

“哈哈哈。”陆容非忽然大笑，他走到陆管家身边，摇着扇子道，“我的答案跟她一样，但去掉最后一味‘药酒’。”

陆容非此话一出，空气中似有火花闪烁，饶是云想想想后悔，也已经来不及。

她暗暗握拳，心中不断祈祷。只是这回，上天没有再眷顾她了。

“此轮，陆少爷胜！”陆管家大声宣布出正确答案，云想想顿时瞪大了眼。

“怎么会？”她面露惊讶。

陆容非得意一笑，指着先前端酒的家丁道：“你这鼻子倒是灵，就是观察能力太弱。那药酒不在杯里，而在家丁身上。”

顺着陆容非所指望去，云想想果然看见家丁露出的脚踝一片红肿。她咬咬唇，无话可说，侧头望向柳青山时，见对方一脸失落。

“怎么？你该不会是为了那小白脸来赢奖金的吧？”注意到云想想的视线，陆容非略带嘲讽地问。

闻言，云想想低落的情绪瞬间一扫而光，瞪圆了眼就要反骂回去，恰在这时，一位年轻伙计急急忙忙跑了过来。

“不好了！不好了！”伙计大喊，“咱们家的酒坊让一群官差给围起来了！”

酒之风味，有的甘洌适口，有的入口绵甜，还有的香气艳郁。不识其味者，避让三尺，知其情趣者，爱不忍释。但俗话说得好，小酌怡情，大酌伤身。

老鬼是个很懂分寸的酒客，他知道该怎么喝，以及该喝多少，常常挂在嘴边的话便是“愿做酒中仙，不做酒下鬼”。因此，这次他饮酒过度，导致酒精中毒而亡，邻里四舍都很是惊奇。

不过这还不算什么，更令人惊奇的是，仵作在检查老鬼尸体时，发现了一个更大的秘密——老鬼口中有罂粟壳碎片。

罂粟这东西在平民百姓间流传不多，但对于达官贵人而言，却并不陌生。

“这也就是说，老鬼……也就是死者，是因为喝了掺有罂粟壳的酒，导致上瘾，然后饮酒过度，最后酒精中毒而亡？”听完旁人的解释，云想想总结道。

跟她聊天的大妈点点头，又摇摇头感叹：“想不到啊，这醍醐酒坊竟用这等龌龊手段赚钱，真是没良心。”

是挺没良心，云想想对此表示赞同，但当她看到眉头紧皱的陆容非时，又觉得醍醐酒坊不会做出这种事……至少，如果陆容非还是陆家少当家的话，就决不会允许自家酒坊这么做。

陆容非那人，虽然嘴巴贱，但爱酒之心却不假，所以他一定不会容忍这种糟蹋酒的手段。

只是，这又关她什么事呢？

“青山哥哥，别看了，咱们送完酒曲就回去吧。”拽了拽柳青山的袖子，云想想道。

柳青山盯着酒坊内肃穆的场景，似是没听到云想想的话，两眼放光：“醍醐酒坊以罂粟酿酒，害死一条人命，这案子可不小啊。”

“不小也不关咱们的事啊……”云想想小声嘀咕。

只是她话还未说完，柳青山便激动地抓着她道：“想想，我想留下来帮忙破掉此案。”

“啊？青山哥哥……你……你没开玩笑吧？”

“此案事关我前途，我怎么会开玩笑呢？”柳青山正色回应，“往常偷盗案件我倒破过不少，但那都是小打小闹，跟命案比不得。如果我此番能帮助弄泉县解了这罂粟酒案，必能升官加薪！想想……”

柳青山望着云想想，眼里柔情万千，云想想忆起自己在赌酒大会上的失误，最终点头应了下来，问：“那我们接下来该怎么做呢？”

柳青山想了想，拉着云想想退出了人群。云想想看着柳青山与自己的手相握之处，又羞又喜。

走到无人处，柳青山松开云想想道：“我们在这弄泉县人生地不熟，现在贸然去说是来帮忙的，哪怕他们知道我是兴岩镇的捕快，可能也不会理会，不如等到晚上，我们悄悄进入酒坊查探。”

“你的意思是，我们要私入酒坊？”云想想一不留神惊呼道，柳青山赶紧捂住她的嘴。

“嘘！想想，你小点儿声！”柳青山神色焦急，“我们这是为了破命案，又不是偷东西，没什么好心虚的。”

云想想思索片刻，点点头，心里仍有些不安，但为了青山哥哥，她没再说什么。

赌酒大会上是她太自负了，所以输了比赛，要不然，青山哥哥也没必要为了升官多挣钱而扯进这桩命案里。

定好晚上潜入酒坊的时间和计划，柳青山便陪着云想想去送了酒曲。巧的是，他们送酒曲的人家，正是赌酒大会上的酒庄少爷他家。

“原来兴岩镇赫赫有名的美人酒，就是你们家的啊！”让店里伙计细心收好酒曲，酒庄何姓少爷看向云想想时，眼中热情洋溢。

“美人酒不敢当，就是普通的酒。”云想想有些不好意思。

这美人酒的名号是兴岩镇的镇民取的，只因为酿酒的是她和母亲两个女人，要是换个男子，估计得叫壮士酒或者大汉酒了。

跟何少爷简单聊了几句，对方硬是要留下云想想和柳青山用晚膳，云想想在赌酒大会上让那陆家少爷出了不少洋相，他可得好好谢谢她。

云想想拗不过何少爷，只能应承下来。

这一来二去，等云想想用完晚膳，已过戌时了，不过这个时间去醍醐酒坊，刚好。

只是在三人说笑着往大门走去，途经一月亮门时，一个端着药碗的小丫鬟险些将云想想撞了个四仰八叉。

小丫鬟摔倒在地，药碗也碎了，云想想幸得柳青山扶住。

云想想没站稳并不是因为被小丫鬟撞到，而是她一早就闻到小丫鬟端的那碗汤药味道有些古怪，所以分了心神。

“你这小丫鬟！怎么走路的？”何少爷不快，下一句就是惩治这小丫鬟。

云想想连忙求情：“何少爷，是我听你说话听着迷了，不怪她。”一句话，既帮了小丫鬟，又捧了何少爷。

被“顺了毛”的何少爷，神清气爽，挥挥手让小丫鬟收拾好赶紧走，别碍眼。小丫鬟谢过主子，又朝云想想感激地欠了欠身，便蹲下身收拾起碎碗。

“这八房的人，主子上不了台面，底下的人也没规矩。”继续前行，何少爷嘟囔着。

这话牵扯到何家家事，云想想和柳青山没搭茬，何少爷却接着道：“也不知道我爹看上那八房的什么，一个戏子而已。要说她那活儿好吧，也不像，受点风寒这都咳了大半个月也不见好，身子骨肯定也不行，这怎么能尽兴……”

“喀喀。”柳青山的咳嗽声打断了何少爷的话。

何少爷脸上表情一僵，像是意识到什么似的住了嘴，而后又嬉笑着岔开话题，将二人送出门。

只是后面这一小截路，除了道别，云想想再没开过口。

不知怎的，她忽然想起了陆容非。

那人看着吊儿郎当，但其实行事很有分寸，而这何少爷虽然因酒对他们以礼相待，可骨子里还是瞧不起女人的……罢了罢了，她想这么多干吗呢？反正青山哥哥不是这种人就行了。

因为罂粟酒一案，醍醐酒坊能出入的门窗都被贴了封条，此时四下无人，云想想跟着柳青山绕到后门，打算翻墙而入。

云想想不会武功，柳青山便让她踩在自己肩上，抬着她先翻进去，可谁知云想想刚落地，院内就响起一声闷哼。

“谁？”云想想低声喝斥。

“怎么了，想想？”柳青山追问。

云想想咽了咽口水，借着微弱的月光，一边努力辨别院中景色，一边后背紧贴着墙回道：“青山哥哥，我好像听到一个男子的声音。”

“想想，别怕，我马上就来！”柳青山出声安慰，随即后退两步，三两下攀上了墙顶。

但就在柳青山要跳进院内时，一个略微耳熟的男声传来：“别别别！别跳！”

“是谁！何人在这里装神弄鬼？”云想想再次喝问。

“小点儿声！小点儿声！”那男子压低嗓子，顿了顿又接道，“看脚下。”

或许是为了应景，今晚的云层较厚，待月光艰难地穿透云层，洒下点点光亮，借着这点光亮，云想想总算看清自己脚下躺了个人，而且这人还不陌生。

“陆家少爷？你怎么在这儿？”她吃惊道。

“这是我家酒坊，我没问你，你怎么反倒问起我来了？”陆容非一张俊脸紧紧皱在一起，“还有，你、你赶紧从我身上移开，我这五脏六腑都要被你踩出来了！”

云想想轻咳一声，慌忙尴尬地移开脚，柳青山也等陆容非起身后才跳下来。

看着站在自己面前的两人，陆容非抖净身上的泥土，揉着胸口问：“你们是来干吗的？”

“破案。”柳青山主动交代。

“破案？”陆容非嗤笑一声，“你这是想找我陆家有罪的证据，还是帮我家酒坊洗清冤屈？”

柳青山没回答，倒是云想想满脸真诚道：“当然是帮你家酒坊洗清冤屈，虽然你这人不怎么样，但我觉得你不会糟蹋酒。”

云想想这话让陆容非一时哑了口。他望着她的眼，想起小时候在祖母生辰上见过的一种名为“萤石”的东西。

那玩意儿不便宜，献礼之人说是来自西域，其最奇特的地方便是能在夜间发光。

当时陆容非还小，对奇珍异宝没有半点兴趣，但饶是如此，他亦被那萤石惊艳了一把。

而现在，他也被云想想惊艳了一把。

“嗯，那个……”回过神，陆容非赶紧转移话题，“那我们正好一起。对了，你们走路时小心些，别磕到绊到了。”

“咦？你这是关心我们吗？”云想想打趣。

陆容非面色一沉：“谁关心你们，我是担心你们绊倒我家的酒！”

醍醐酒坊，远近闻名，还是有它的道理的。

云想想白日里被官差拦在酒坊外，闻得不真切，现在进到酒坊才闻到这香醇迷人的酒香，整个人顿时飘飘然起来。

“哎哎哎，你别不是醉了吧。”看到云想想脚步发软，一直偷偷关注她的陆容非，眼疾手快地将人扶住。

柳青山原本走在最前方，听到陆容非的声音这才快步行至云想想身旁，从陆容非手里接过人，问：“想想，你还好吧？”

“我没事。”云想想有些不好意思的说，“就是这酒太香了，一下失了神……”

“噗——”陆容非一个没忍住笑出了声，“你这小丫头，怎么跟个酒鬼似的。”

云想想撇撇嘴不想理他，拽着柳青山的袖子道：“青山哥哥，我们快些查看吧。”

柳青山嗯了一声，点点头，转身就往里面走去。

看着柳青山再次走上前，云想想则亦步亦趋地跟在他身后，陆容非翻了个白眼，心中暗自嘀咕：人家把案子看得比你重，你还傻乎乎地跟着呢。

不过这事儿也跟他没关系，反正那个乡下野丫头又不是他的谁。这真要是他陆少爷的女人，他才不会舍得带人四处奔波……不对！不对！他才不会看上这么个野丫头！

就在陆容非胡思乱想之际，柳青山和云想想已经搜查了一圈，不过白日官府的人都没查出什么，他们自然也一无所获。

“看来对方很小心，半点痕迹都没留。”坐在酒坊内的长椅上，柳青山失落道，陆容非脸色也不好。

若找不到证据的话，柳青山就破不了案，陆容非也洗脱不掉陆家的冤屈。

看着柳青山与陆容非耷拉着脑袋，云想想咬了咬唇，问：“虽然死者是从醍醐酒坊买的酒，但其实也不一定要在酒坊内下手吧？”

听到这话，柳青山和陆容非同时朝云想想望去，陆容非更是恍然道：“你的意思是酒是我家的酒，但凶手可以在老鬼买回去后再往酒里投入罂粟？”

“我这只是猜测。”云想想回答。

“虽是猜测，但也不无道理。”柳青山想了想，表示赞同，“走，我们沿着死者回家的路，一路查过去，说不定真能查到些什么。”

离开酒坊，三人打着灯笼一路前行。途中柳青山问了陆容非一些基本问题，但也都是官差们问过的。比如：这县上有谁家种了罂粟。

“那玩意儿不好弄，又贵。虽然掺进食物里尝着香，但多了可是会上瘾、死人的，谁家没事种这个啊。”陆容非不以为意，“至少我所知道的，没有。”

云想想皱眉苦思，问道：“那罂粟是什么味儿的？”

陆容非摇头：“我怎么知道，我又不做那等龌龊事，不过我倒是在书上见过罂粟花长什么样。”

一路探查一路聊，三人直到走到老鬼家都没发现什么线索。

看着眼前黑灯瞎火的屋子，云想想有些害怕，轻声问：“我们……进去吗？”

陆容非咽咽口水没回答，柳青山下意识想摸摸腰间的刀，而后才反应过来自己没带。

两个大男人对视一眼，难得达成共识：“去！”

因是案发地点，老鬼家也被贴了封条，三人照例翻墙而入。这次先进去的是陆容非，然后是云想想，最后是柳青山。

听旁人所言，这老鬼虽是个酒鬼，但年轻时读过一些书，后来也靠着给人写书信赚些铜板。按理说，这读过书识得字的人，不会没有姑娘中意，只是这老鬼把钱全投进酒坛里了，没留下半个子儿，为了以后的生活着想，姑娘们也就不敢嫁于他。

“怪不得他能说出‘愿做酒中仙，不做酒下鬼’的话呢，只是，难道真没有一个姑娘愿意跟着他吗？”听了陆容非的话，云想想好奇道。

“传闻是有一个。”陆容非一边四处翻找，一边回答，“只是听说那姑娘为钱嫁了人，再加上从没有人见过那姑娘的样貌，大家都以为是老鬼说的醉话。”

“我倒觉得是真的。”云想想认真道。

陆容非停下翻找的动作，回头看着她道：“为何？”

云想想指了指院子的方向，答：“一个粗犷的大男人，无缘无故怎么会在院子里种花呀？”

想起入院时看见的景色，陆容非赞同地点点头：“好像有那么点儿道理。”

“那照这么说，这有可能是一桩情杀案？”柳青山分析道，“姑娘为钱嫁人，死者被负，找上门，然后姑娘就——”柳青山比画了个抹脖子的动作。

陆容非虽不喜柳青山，但对他这话也表示一定认可，但云想想却不认同。

“我倒觉得，老鬼和那姑娘之间是有感情的，并且感情不浅。老鬼一定是个温柔的人，否则，他被背叛后，为何还费尽心思打理那些花花草草？”

“你还是太年轻。”陆容非一副过来人的语气，“为了权势地位，这儿女情长又算什么。”说着，他走到屋内简陋的书桌旁，拿起上面一本诗集，随意翻到某篇念了起来。

别说，还挺符合情境。

“别动！”柳青山忽然出声。

陆容非被这一喝，整个人顿时僵住，声音有些发抖：“怎么了？”

莫非是那老鬼的鬼魂回来了……

柳青山皱着眉，慢慢朝他靠近，然后——俯身捡起一个东西。

“这是什么？”借着油灯的光，三个人凑在一起，仔细辨别柳青山手中的东西。

“这好像是花瓣？”云想想道，而后又凑近闻了闻。

陆容非一把推开她的头：“你怎么什么都瞎闻啊，万一这东西有毒怎么办？”

知道对方是为自己好，云想想揉着额头没反驳，只道：“我就是觉得这味道有点儿熟悉，好像在哪里闻过……”

“你闻过？”陆容非吃惊。

看到他的表情，柳青山忙问：“难道你知道这是什么花的花瓣？”

“嗯……”陆容非沉声道，“这像罂粟花的花瓣。”

一句话，四周的空气都凝重了几分。柳青山连忙握着云想想的肩膀道：“想想，你赶紧回忆下你到底是在哪儿闻到过类似的味道！”

事关重大，云想想也不敢马虎，仔细思索着。一时间，屋内只剩下油灯灯芯烧得噼啪作响的声音。

“对了！”云想想瞪大眼，“我想起来了！是在何少爷那儿，那个端着药碗的小丫鬟！”

第二章

罂粟酒案留奇才

何家新娶的八房杀了老鬼，而且这个八房很有可能就是老鬼曾经的相好，这个消息不可谓不劲爆。

“要是老鬼的相好真是何家过门不久的八房，那这作案理由也是成立的。因为两人相好过，现在八房飞黄腾达了，肯定会担心老鬼再纠缠她，于是便用了这等一劳永逸的办法。”柳青山断定八房有重大嫌疑。

云想想看着柳青山指间的罂粟花瓣，不确定地问：“那咱们接下来是要去找何家八房求证吗？”

“求证的事交给官府就好。”柳青山拿了张纸，将花瓣小心包起来，“接下来的事，咱们就不要插手了。”

“可是……”

“想想。”柳青山摸了摸云想想的头，“听我的，接下来的就交给官府吧。”

云想想犹豫半晌，点点头。

灭了油灯，离开小院，回去的路上云想想还是觉得不安。柳青山正为自己找到凶手而开心，并未察觉云想想的异样，只有陆容非注意到了她的反常。

“怎么了？”走到云想想身旁，陆容非小声问。

云想想咬咬唇，看了眼柳青山的背影，再三思量才开口：“我觉得凶手不是何家八房。”

“为什么？”

“我……我这只是猜测……”

“别猜不猜的了，直说。我又不是你那捕快哥哥，怕什么。”

“你怎么知道青山哥哥是捕快？”云想想惊奇道。

陆容非翻了个白眼：“我又不傻，当然是经过观察后总结出来的。你还是说说你的猜测吧，我相信你不是信口开河的人。”

对于陆容非的信任，云想想是感激的，她不再吞吞吐吐，直接道：“疑点一，我是在八房的汤药里闻到的罂粟味儿；疑点二，这罂粟花瓣是从诗集里掉落而出，比起凶手留下的线索，更像是死者本人的收藏。并且，光凭罂粟花瓣，还不足以断定八房就是杀人凶手。”

话说完，云想想便紧张地盯着陆容非，陆容非瞧见她这样子差点没笑出来。

“有道理，那你想怎么办？去找八房问清楚？”

云想想闻言瞧了眼柳青山，没回答。

“行了，行了！”陆容非挥挥手，“我陪你去。”

“真的？”云想想的眼睛本来就大，这样一瞪显得更大了。

陆容非呼吸紧了紧，点头：“当然，你今天先回去，明天我来找你，对了，你们住哪儿啊？”

“我们……”

忙活大半天，云想想才想起今晚与柳青山还没找到落脚地，于是两人在陆容非的收留下，去了陆家。

半夜，云想想辗转反侧始终睡不着，她想了又想，最后起身来到陆容非的房间。

醍醐酒坊的墙她翻不过去，但陆容非房里的窗户，她还是可以翻过去的。

“陆容非。”身手利落地翻进屋里，云想想来到床边，摇了摇被窝下拱起的人，轻声唤道。

陆容非迷迷糊糊睁开眼，乍一看到近在咫尺的大眼睛，整个人都精神了。

“你、你、你干什么？”他伸手捂住胸口。

“我来找你啊。”

“深更半夜，你、你、你来找我做什么？”他的表情更加惶恐，但又透着一丝小期待。

夜黑风高，孤男寡女，又共处一室！啧啧！

“找你办正事。”

“办……”陆容非咽了咽口水，松开捂在胸前的手，试探地问，

“办什么正事？”

“相好啊。”

咕咚——陆容非再次结结实实地咽了口口水。

他有些娇羞：“不好吧，我们还不熟，这发展未免太快了……”

“我想过了，不如我们现在就去找何家的八房，免得明日青山哥哥一早带上证据去了官府……啊？不熟？什么不熟？”云想想反应慢半拍地问。

陆容非愣了愣，随即接道：“我是说，我们半夜去人家姑娘卧房，不太好。”

“这个啊，没事儿，我去，你在外面等着。”

陆容非，陆家少当家，乖张潇洒了十几年，今日却栽在了一个乡下野丫头手里。对此，陆少爷表示：这云想想，大概是他前世的冤家，不然他怎么会半夜陪她翻人家墙，进人家房呢？

不过他没想到的是，原来半夜睡不着的无聊人，不止他们两个。

八房的灯，还亮着。

云想想没有听陆容非的话离开，而是像来访的客人似的，敲响了门，更奇怪的是，八房看见他们两个陌生人，也没有惊呼，而是将他们一起迎了进去。

“我知道你们是为了什么而来。”给两人倒了茶水，八房坐定后开口道，“虽然我不认识这位姑娘，但陆少爷我还是认识的。”

陆容非闻言摸摸鼻子：“那我们就长话短说了，你就是那老鬼的相好吗？”

他话才说完，云想想便狠狠踩了他一脚，疼得他龇牙咧嘴。但八房却语气平淡道：“无妨，陆少爷猜得没错，我跟宣之确实相爱过。”

“宣之？”云想想疑惑地重复。

八房点头：“这是他本名。”而后，八房说了一个郎情妾意的浪漫故事。

话说老鬼，也就是刘宣之，他年轻时是想过去考取功名的，但后来因为家中出事，凑不出盘缠，便打消了这个念头。于是，他便留在这弄泉县代写书信、对联以维持生计。也是从那时，他爱上了喝酒，说是人活得太清醒，累得很，不如混混沌沌一辈子。

旁人听到他这话都取笑于他，唯独一个名为“谢嫣”的戏子，内心有所触动。

不过如果只是这样的话，或许还不至于让谢嫣动心，真正让谢嫣对老鬼心生倾慕的，是有一日她上街遭到地痞流氓戏弄，路过的老鬼出手救了她。

人都说英雄难过美人关，其实反过来也一样，尤其是老鬼以一敌四，即使被打得鼻青脸肿，也没想着逃走，仍旧护在谢嫣面前的样子，猝不及防地便让她动心了。

接下来的日子，谢嫣以感谢为由，时不时去老鬼家探望，但鉴于自己大大小小算个“角儿”，所以每回去都是晚上。但老鬼对此也并不介意，甚至还为谢嫣着想，叫她别再来了，说怕坏了谢嫣的名声。

“一个戏子而已，比楼里姑娘高贵不到哪里去，有什么名声可坏的。”说起往事，八房，也就是谢嫣的脸上多了些柔情，“可是他呀，就是那么温柔的一个人。”

“那既然你们相爱，就在一起呗，你怎么嫁给何老爷了？不是我说，那何老爷都能当你爹了。”陆容非皱着眉。

云想想没说话，但也点点头表示认可。

谢嫣轻笑一声，那笑里充满了无奈：“爱一个人，未必能抛去一切困难，生死相守吧？我到底还是太懦弱了。何老爷有权有势，能给我想要的，我问宣之，我若真嫁给了何老爷，他会怎样，他却只淡淡地笑着，说要祝我幸福……”

“老鬼他……”云想想不解道，“为何甘愿放手让你走呢？”

“到底为何，只有他晓得。”谢嫣接着说，“他没有挽留我，我又有什么好留恋？更何况，他从一开始，就没说过爱我，要娶我回家……我们之间，大抵是有缘无分吧。”

话说完，室内一片寂静。

云想想没料到，一桩罂粟酒案，牵扯出的竟是一段痴男怨女的爱情故事。

“这罂粟花是他送你的吧。”半晌后，陆容非开口道。

云想想顺着他的视线望去，果然看见谢嫣房中的梳妆台旁，放着一盆她从没见过的花。

“这就是罂粟？”云想想转头问陆容非。

“嗯。”陆容非颔首回应，“几个月前的集市大会，有个外商带着这花籽前来贩卖，本来我是想买点儿玩玩的，但不想回家拿个钱的空当花籽就被人买走了。商人说，买花的是个男子。现在想来，应该就是老鬼了吧。”

谢嫣没回答，但眼眶却渐渐泛红，陆容非继续道：“云想想说，先前碰到你的丫鬟端着汤药，何少爷又调笑你感染风寒咳嗽久不见好，想必老鬼买来这东西是为了给你止咳用。我只是不明白，为什么老鬼的酒里会掺进这罂粟呢？”

陆容非的话说到后面，谢嫣不仅眼泪流得更欢，甚至还几度哽咽。两人看着她一点点在平复情绪，没有催促。等差不多了，谢嫣才解开最终的谜底。

“这花确实是他给我的，也确实是为了治疗我的咳嗽，他还跟我说，这东西不能多用，免得上瘾。也是那天，我看我都嫁人了他还如此关心我，相比较何老爷只将我当成收藏品之一，我再也忍不住跟他坦白心思，趴在他怀里痛痛快快地哭了一场……”情绪再三起伏，谢嫣结结巴巴说完这段话，顿了顿又道，“那酒里的罂粟，是他自己放的，因为……他早就不想活了……”

“什么？”云想想瞪大眼睛，与陆容非对视了一眼，两人都对此感到不可思议。

谢嫣深呼吸，而后起身走到床边，从棉被下取出一封叠得整齐的信纸，打开后放在二人面前。

那纸上的字，十分好看，只是有几处的墨晕开了，或许是因为看信的人落过泪。

信上书：

嫣儿，我喜欢你，我本想将这话一辈子藏于心中，但我又怕我再不说就没有机会了。

谢谢你让我知道，你对我的感情，跟我对你是一样的。

当初的我没勇气争取你，现在的我更是无法去争取你。我痛恨自己的无能为力，更怕我控制不住感情常去探望你，所以最终选择了这般懦弱的方式，带着我们的美好回忆，醉死酒中。

如今，你生活无忧，我也不该去打扰你了，你要好生生活。

我多希望时间能再回到我们在那个小巷子相遇的时候，要是重来一次，我一定会第一时间告诉你，嫣儿姑娘，虽然现在的我无法给你心安的生活，但你能否给我些时间，等我来生，一定赚够聘礼，以八抬大轿，娶你过门……

原来，老鬼早就想求死了？

他深爱谢嫣，但是给不了谢嫣想要的生活，不得已放手。

真是段可怜又脆弱的感情，云想想不禁叹气。

“若交出这封信证明你的清白，何老爷能放过你吗？若不交出去，官府一定会顺藤摸瓜，找到你吧？到时候，你有口难辩。”云想想皱了皱眉，有些头疼。

陆容非也补充道：“是啊，这何老爷是个极其好面子的人，若晓得自家夫人与别的男人有未尽的旧情，恐怕……”后面没说完的话，不言而喻。

闻言，云想想上前一把抓住陆容非的手，急道：“陆容非，我们不能让无辜的人受到伤害，你赶紧想个办法！”

陆容非感受到那双柔软的小手，眼神闪烁：“这我能怎么办啊？解铃还须系铃人。”

“二位不用为难。”谢嫣出声劝道，“反正我也想跟他去了，所以，老爷晓得不晓得，对我而言，都不重要。”

她原以为哪怕嫁给了别人，只要能偶尔在街上与老鬼碰上一面，她也就知足了。只是没料到，她的“为钱嫁人”，竟让老鬼送了性命……

此话一出，卧房立即安静了下来，片刻后云想想才紧张道：“谢姐姐，你千万别这般想，老鬼希望你好生活着啊。”

“可宣之一死，我怎能独活？”谢嫣凄惨一笑，“本就是我先负了他，我对不住他，他死了……我……”她看了眼桌上的信，哽咽到再也无法言语。

“你、你别这样想……人就这一辈子，你还有许多事都未曾体验呢。”云想想劝道。

“没有与我分享喜悦之人，再多的体验又有何用。”

云想想说不出话，她看向陆容非，陆容非本来是要摇头的，但却被她瞪了一眼。

“怎么？我又不是大罗金仙，不是什么事都能解决。人家两人的情事，我能掺和吗？”陆容非为自己打抱不平。

云想想挤眉弄眼，小声道：“人命关天啊，要是你都没办法了，那我们就真没辙了！”

云想想这话明着暗着都在捧陆少爷，陆少爷听着高兴，又做了回治心病的“华佗”。

他拿过那封信，定定地看着上面落款的名字：宣之。

半晌，陆容非抬起头，望向谢嫣，道：“谢姑娘，活与不活是你的私事，旁人确实无权过问，但见你和老鬼情深意重，我还是想提醒你一句。你若去了，这世上恐怕就再无人唤他一声‘宣之’了。”

最后一句话，陆容非说得意味深长。

谢嫣瘦弱的身子一顿，缓缓抬泪脸盯着陆容非，眸中微弱的光芒在跳动。

夜晚的青石板路，幽暗而漫长，两人走在回去的路上，云想想总忍不住朝陆容非投去关注的目光。她那般毫不遮掩的眼神让陆容非想假装没看到都不行。

“我说——”陆容非终于忍不住开口，“就这么一会儿的工夫，你该不会爱上了我吧？”

云想想回神，眨巴眨巴眼，然后眉头一皱，“啪”的一巴掌打在陆容非的肩上。

“哎哟！”陆容非痛呼出声，“你是母夜叉转世吗？一个女孩子家家的，怎么动不动就打人！”

“打人？我打的是人吗？有你这么不要脸的人吗？亏我刚对你有一丝丝好感……”

好感？陆容非眼睛一亮，笑眯眯问道：“云大小姐怎么突然对我另眼相看了？”

所谓伸手不打笑脸人，陆容非好好说话，云想想便好好回答：“还不是因为你对谢嫣说的那番话。哎，你是怎么想出来的？”

陆容非笑得得意：“没吃过猪肉，还没见过猪跑吗？”

“啊？”云想想听出言外之意，一脸不可思议，“原来你没吃过猪肉？看不出你这么纯情啊，我还以为你们这种富家少爷，怎么着也该有五、六位的通房丫鬟呢。”

“什、什么通房丫鬟！”陆容非有些结巴，“你个女儿家不知羞耻！怎么竟胡说八道？真是的，乡下野丫头就是没念过书，说话嘴上缺个把门的！”

“我没念过书？我娘可是自小便教我识字的！你是大户人家少爷就了不起吗？”云想想白着脸反击。

“就了不起，就是了不起！”陆容非没皮没脸地道。

“你……”云想想气得脸色发青，你一句我一句地开始争论起来。

两人回到陆家方才住口，临进门，口舌不敌陆容非的云想想撂下最后一句狠话：“你懂什么！小白脸！”

“小白脸？”陆容非一脸震惊地指着自己，“我这是文化人的标准长相，还是优质级别的！哦，难不成我一养尊处优的少爷会长得像你那什么青山哥哥似的？”

“你！”云想想瞪眼。

“瞪什么瞪？眼睛大了不起啊！再说了，我这说的是事实。”

云想想深呼吸，指了指面前虚掩的后门，意思是现在大家都在休息，我不方便跟你吵。陆容非正得意，小腿肚猛的一痛。这一下，他终于明白云想想的“不方便争吵”是何意了。

不方便争吵，但是可以动手啊！

“君子动口不动手。”他龇牙咧嘴道。

“不好意思，我是女子，‘唯女子与小人难养也’的女子。”拍拍手掌，云想想心情愉悦地推门而入。

这一夜，云想想睡得舒服极了，她在梦里痛痛快快地教训了陆容非一顿。但陆容非就惨了，他翻来覆去地想：难道他这种长相过时了？现在的姑娘喜欢的是柳青山那款？

现在的姑娘，怕是瞎了吧？

次日，云想想是被陆家的丫鬟叫醒的。婉拒了对方要帮自己梳洗的要求，她简单装扮后才跟着对方去到前厅。

昨日来到陆家时太晚，没跟陆老爷和陆夫人打招呼。此时看到围坐在八仙桌旁的中年夫妻，云想想连忙施礼道歉。

“装什么呢……”陆容非小声嘀咕。

闻言，陆老爷的脸立即黑了下来，陆夫人连忙打圆场：“你就是昨日在赌酒大会上‘大展身手’的那位姑娘吧？来来来，坐下说话。”

云想想点点头，坐在了柳青山旁边的位子上，也就是陆容非对面。云想想与柳青山两人对视一笑的画面尽数落入陆容非眼里，他忽然有些不快，酸道：“对呀，即便如此，她也是我的手下败将。”

“哐”！陆老爷重重放下茶杯：“你看看你，哪里有点陆家少当家的样子？”

云想想不懂大家族的规矩，再说了，人家老子教训儿子她也无话可说，她只是觉得陆老爷这火生得有些莫名其妙。

“好了好了，老爷。”陆夫人再次当和事佬，轻声细语安抚着陆老爷，一同出声的还有陆风瑶和另一个年约十六七岁的姑娘。

与陆风瑶的明艳不同，那个姑娘相貌柔弱，看着像是一朵娇嫩的白芍，名唤“孙语柔”，跟陆夫人同姓。

等陆老爷情绪平复后，这顿早膳才算开始，期间陆容非满脸不在乎，只有孙语柔一直帮他说好话。

云想想低头喝粥，隐隐悟出事情真相。

她昨晚跟陆容非半夜出门这事陆老爷肯定知道了，毕竟这是他的地盘。而且，要是她没猜错的话，那位叫“孙语柔”的白芍姑娘肯定喜欢陆容非。所以陆老爷今早这火不止是冲着陆容非，也冲着她。

啧啧，云想想心里直摇头，这就是她为什么不愿意跟这些大户人家扯上关系的原因，太费脑子了！

“陆老爷、陆夫人，多谢款待，我吃饱了，你们慢用。”喝完一碗粥，云想想便停了下来，柳青山见状也放下碗筷说了同样的话。

“云姑娘和柳公子不要再多吃一点吗？”陆夫人柔声问。

“不了，我俩这趟来弄泉县是来办事的，但不料昨天被其他事缠住，因此没能及时赶回家，亏得老爷、夫人心地好收留了我们，我们又怎么好意思继续打扰呢？”

云想想一番话说下来，陆老爷与陆夫人相视一眼，晓得她话中之意了。陆夫人客套性地挽留一番后，云想想和柳青山起身告辞离开。

被丫鬟送出门，走出一段路后柳青山才问云想想刚才怎么回事，云想想摇头晃脑道：“青山哥哥，你还是别问了，反正我们也不会再跟陆家有什么牵扯了。”

“说的也是。”柳青山点头，“那我们接下来去衙门吧。”

“什么衙门？”

“老鬼的命案啊，你该不会是睡一晚睡忘了吧？”

对哦！云想想恍然大悟，可是……老鬼的命案没那么简单啊。

思绪倒退，陆容非昨晚劝导谢嫣打消了自尽的念头后，谢嫣便说余生只盼能常伴青灯古佛。所以要是青山哥哥把这事告知了县官，按何家老爷的性子，谢嫣就算不会被处死，那肯定也没什么好下场！

“青山哥哥，其实那起命案……”

“南村群童欺我老无力，忍能对面为盗贼啊——”熟悉的声音打断云想想即将出口的话。

“陆容非？你怎么来了？”看到身着蓝色长衫，手摇折扇的男子，云想想诧异地问。

“怎么？嫌我撞破了你们的好事？”陆容非抬着下巴道。

云想想睁大眼，表示没听懂。

陆容非轻哼一声指控：“你这是独揽功劳！”

云想想霎时哑口，有些不好意思，小声解释道：“我是担心谢……姑娘……”

“我看你是想帮你的青山哥哥。”

陆容非的语气不算好，云想想自知理亏，又想着他刚被亲爹数落，便扯着他的袖子，跟柳青山说了一声后，将其拖到无人的巷子。

“干吗干吗，想暴力解决啊。”陆容非任由云想想拉扯，嘴上这么说，心情却比早上好了不少。只是等两人站定后，云想想接下来的话又让他没了好心情。

“陆容非，陆大少爷，陆少当家，我能求您一件事吗？”

“先说来听听。”

“您能把这次的功劳让给青山哥哥吗？”

听到云想想这话，陆容非手里的折扇“唰”地一下就收了起来。

他眯着眼，步步逼近云想想，直到把云想想逼得无路可退，整个人都贴在了墙上，才慢悠悠道：“你是不是觉得我看起来特像冤大头？”

“我……我不是那个意思……”云想想缩了缩脖子。

“那你什么意思？”陆容非再次逼近。

云想想低着头半天没说话，等鼓起勇气想好好说的时候，才发现她和陆容非实在靠得太近了。

陆容非虽然长得白白净净，但却有一对十分英气的剑眉。他的眼尾微微上扬，鼻梁又高又挺，嘴唇棱角分明，唇薄而红……

反观陆容非，他在发现自己和云想想似乎隔得太近后，竟然又下意识地往前凑了些，不过他这一凑换来了云想想的“如来神掌”。

“登徒子！”云想想一巴掌呼开陆容非的脸，往旁边移了几步，红着脸气呼呼道。

陆容非眨眨眼，有些没反应过来自己刚才做了什么，好半晌才道：“那……什么，其实老鬼那事由我去说对我意义也不大。”

云想想眼珠子一转：“你什么意思？”

“我的意思是……”陆容非下意识朝云想想靠近，但被云想想举起的拳头阻止了。他摸摸鼻子接道，“我可以把功劳让给柳青山，不过你得陪我几天。”

陆容非话音刚落，云想想脸上的认真马上被愤怒代替。她气得咬牙，抬脚就想给面前这个流氓一个狠狠的教训！幸好陆容非眼疾手快拦住了她的“金刚腿”。

看着距离胯下不到一指的脚，陆容非咽咽口水：“你这也太狠毒了吧！我家可就我一个儿子啊！”

“我家还就我一个女儿呢！臭流氓！”云想想气得面色通红。

“什么臭流氓，我还没骂你女混混呢！你这说话说得好好的动什么手啊？”

“我娘说了，女儿家千万不要吃亏，尤其是面对你们这种人，一定要加倍奉还！”

“怎么就我们这种人了？我是哪种人啊？”

“还狡辩！你都借这事要挟我，能是什么好东西！”说着，云想想放下右脚改用左脚攻击，陆容非见状赶紧跳开，连连喊停。

“等等，等等！你这都是说得什么跟什么？我答应把功劳让你青山哥哥，让你陪我几天，酿壶酒怎么了？不过分吧？”

“啊？”云想想傻眼了。

酿酒？他……他难道不是那个意思？

看到云想想呆愣的模样，陆容非后知后觉，长叹一口气：“我说你这小脑袋瓜里都在想些什么？我是那种人吗？我堂堂陆家少当家，有才有貌有钱，要什么女人没有啊？我这一招手，其他地方的姑娘都会马不停蹄赶来，我至于要挟你吗？”

云想想羞愧得无地自容，陆容非越说越来劲：“哎，不是我说，你也太自信了吧？你从哪里看出来我对你有意思了？”

“还……还不是因为刚才你想凑过来……”云想想小声回答。

陆容非被勾起回忆，愣了愣。

方才那一下，他脑中似是短路了，也不晓得为何面对云想想，会抑制不住地想要靠近。

真让人头疼。

“罢了罢了。”陆容非无力摆手，“你就说你答不答应吧。”

“答应答应！”云想想忙不迭点头，生怕陆容非反悔，“不过，我能问你为什么想找我酿酒吗？”

在赌酒大会上，他明明挺不待见她的。

“大小姐！”陆容非摊手，瞪眼问，“兴岩镇小有名气的‘美人酒’是你家的不是吗？”

“是啊。”云想想点头。

“那就是啦！我怎么说也是‘醍醐酒坊’未来的当家啊，难道在你眼中我真是不学无术的纨绔少爷？你云想想识酒的本领不仅高，还会酿出此等美酒，我自然要向你讨教几番了。”

云想想笑起来，感叹道：“那行。不过我没想到，你这看上去吊儿郎当、只会满嘴大话的少当家，其实骨子里倒是挺懂事的。”

“这一点我就要教教你了。”意见达成一致，陆容非边示意云想想跟他走出巷子边道，“这可不是什么满嘴大话，与人交谈，尤其是做生意，千万不能太实在。当然，我这话不是说生意人不讲诚信，而是指‘要适当地提升自己’。就好比人家说‘酒香飘千里’，难道真有千里吗？这只是一种夸张的说法嘛，是为了强调酒香……”

陆家果然是大家，培养出来的继承人确实有些本事。云想想甚至觉得陆容非跟自己做的这个交换，最亏的其实是他本人，因为她能与弄泉县赫赫有名的醍醐酒坊少当家交流酿酒心得，于她来说是莫大的幸运。

她觉得，日后一定得对陆容非好些，至少他再说什么事的时候，自己要问问清楚，别动不动就“上脚”……

云想想把命案真相告诉柳青山后，三人在老鬼的院子里挖出了被埋下的一株罂粟花。

原来当时老鬼把罂粟花送给谢嫣之前，自己留了一枝在身边。

老鬼的死亡真相大白，也在同一日，听闻何家老爷不知何故对八房又打又骂，陆家少爷去蹚了一趟浑水。

一日后，罂粟酒案数结案，弄泉县管事对柳青山赞赏有加，并亲自写了封推荐信给县大人。有了这封信，柳青山当捕头那可就是板上钉钉的事。

与柳青山分别时，云想想没有把自己跟陆容非的“协议”告诉他，而是说想趁此机会学习陆家的酿酒方法，只让他给自己娘亲带个信，让娘亲不要担心。

柳青山不疑有他，点头答应后便揣着推荐信返程了。

云想想望着柳青山慢慢远去的身影，陆容非则看着云想想的身影。他见柳青山连句等待的话都没跟云想想说，不由讽刺道：“别搞得我像拆散苦命鸳鸯的恶霸好吗？”

云想想瞪了他一眼：“呸呸呸，乌鸦嘴！我们才不是苦命鸳鸯。”

“是，你们确实不是苦命鸳鸯，你这是女版尾生。”

尾生是何许人也？在《庄子》中，尾生与心爱的姑娘相约桥下，但姑娘迟迟未来，而此时大水又涨了上来，最后，这个为了信守承诺不愿离去的痴心汉被淹死了。

这话，云想想更不爱听了。

“青山哥哥才不是那种人呢。”

陆容非耸耸肩，没回她，只道：“你这眼光，有待提高啊。”

鉴于陆老爷对云想想有过不好的印象，陆容非想再次带云想想回陆家时，被她拒绝了。

“要不我住你家酒坊吧，为了感谢陆少爷的慷慨，我愿意免费当几天苦力。”

“谁要你当苦力了？万一你偷喝我们家的酒怎么办。再说了，我们又不是什么见不得人的关系，干吗藏着掖着。”

“可是……”云想想还是不放心。

“上次的事你别多想，那是我爹误会你了。因为之前有些女人为了接近我，故意装出一副爱酒的样子，要知道我爹这个人啊，对‘酒’这东西有着非一般的情结。”

“你爹如此爱酒？”

“对，所以你只要露几手让他瞧瞧，我保证他对你大为改观。”说话间，两人往陆府走去。

“可是你那个表妹怎么办？”

“你说小柔？”

“嗯。”云想想应道。

陆容非脚步一停，饶有兴趣地看着她问：“她怎么了？”

云想想没注意到陆容非眼里的调侃，直白道：“她不是喜欢你吗？

万一她误会我俩的关系，那又怎么办？”

“且不说我对她只是兄妹之情，要是我俩行事光明磊落，别人又怎么会误会？难不成你对我有什么不轨的想法？”

云想想这下没话说了，不止如此，她还觉得自己刚才的话似乎在暗示什么。而陆容非最后那句话，让她的脚又“痒”了。

一路默念“冷静”，两人终于来到陆府。

入府后，陆容非还是安排云想想住之前的屋子，然后自个儿找他老爹说明情况去了。他也知道爹上次生气，多半是因为自己太没把他“放在眼里”。

“她真有那么厉害？”听了儿子的话，陆老爷半信半疑。

“老爹，在这方面你儿子我什么时候骗过你？”陆容非反问。

陆老爷点头，斟酌后道：“你上次不是说你新酿的那壶酒总有些不对吗？又嫌没人能帮得上你，所以一直搁在那儿，不如趁此机会将其研酿出来？”

陆容非连连点头：“正有此意。”

“不过我可提前给你打招呼，钻研酒归钻研酒，可别钻研出点儿其他什么东西。”

陆容非无奈：“你怎么老把我当小姑娘养啊。”

“你这话就不对了。”陆老爷面色严肃，“不管是男是女，对待感情都要专一，万万不可三心二意。”

“不是，老爹，我、我怎么就三心二意了？”陆容非不解地问。

“你知道小柔……”

“打住！”陆容非举起手，“我知道小柔的爹是您亡故的好兄弟，但您也不能因此葬送您唯一的儿子的幸福啊！我对小柔可只有兄妹之情啊！您要是硬把我俩凑一块儿，不是害她嘛。”

“可小柔毕竟是我们看着长大的，还随了你娘姓‘孙’，你娘的意思是……”陆老爷还想说什么，陆容非不由得打了个冷战。

“别拿娘说事儿！还有，就是因为我们一起长大我才更接受不了！我可是见过她哭脸流鼻涕的样子，完全没有爱情的神秘美感好吧？行了，爹，我不跟你多说了，总之我感情的事您别管。”

“你以为我想管？”陆老爷皱着眉头，“还不是你娘一直在我耳边念叨。”

“爹，您可是一家之主，您要在娘面前拿出点儿威信！”

“这恐怕不行。我跟你娘说好了，在外面她给我面子，在家里我听她的。你要真想自己做主，就赶紧上手酒坊的事，反正你也喜欢酒。”

“喜欢酒跟经营酒坊是两回事好吗？算了算了，这事儿也别说了，我还是先去酿酒吧，您老慢慢忙。”

出了亲爹的书房，陆容非还没走两步路又被亲妹妹叫住了，跟在陆风瑶身后的是孙语柔。远远瞧见两人，陆容非只觉头疼。

“容非哥哥。”孙语柔柔声喊道。

陆容非点头“嗯”了声，算是回应。

陆风瑶紧跟着问：“哥，那位姑娘怎么又回来了？”

陆容非对待妹妹可没对待他爹那么有耐心，挥了挥手：“小孩子别管这么多。”

陆风瑶却不将他的不耐放在心上，说：“你该不会看上人家了吧？娘说了，男子要先成家再立业，你要是成家了，这业我是不是也可以交给你了？”

陆容非闻言如临大敌：“我的好妹妹，这饭可以乱吃，话却不能乱说。你哥哥我还年轻呢，什么成家不成家的。而且你真的敢把酒坊交给我管理吗？你就不怕自己的心血被我毁于一旦？到时候爹要是再气出什么病可怎么办……”

“谁气出病了？”陆容非话未说完，陆老爷中气十足的声音就从身后传来。

陆容非瞪了陆风瑶一眼，陆风瑶摇摇头表示自己也没看见，并示意陆容非赶紧跑，爹由她来“控制”，两人为数不多的兄妹情终于在此时展现得淋漓尽致。

陆容非迈开腿跑开，任陆老爷在身后气得吹胡子瞪眼。

“爹，爹您先进屋，女儿有账要跟您报告。”陆风瑶连连作请状，将老爹往屋子里请。

陆老爷一边往屋里走，一边恨铁不成钢地骂：“这个臭小子，要是有你一半听话就好了！”

陆风瑶赔笑：“爹爹，哥哥只是表面这个样子，其实挺懂事的。”

“哼！他懂事？那老母猪岂不能上树了！”

躲在假山后的陆容非慢慢地探出脑袋，看着那三个人影没入房内，暗暗地对着那方向做了个鬼脸。

至于云想想这边，她这次的待遇确实比上次好些了。

其一，她再也不用跟陆老爷和夫人一起用餐；其二，她所居之处无人打扰，并可自如地出入陆府。

不过这还得多亏陆容非，因为是他跟陆老爷说自己需要安静的环境钻研酿酒之法，所以陆老爷为了尊重她、体谅她，特意让人根据她的作息时间准备膳食，并吩咐下人不要打扰她。

“其实你爹爹人挺好的，感觉没那么难相处。”跟陆容非在酒坊研酿新酒方时，云想想感叹道。

陆容非看了她一眼，竖起一根食指摇了摇：“我爹这个人啊，很实在的，他现在给你脸面，是因为你有用。”

“听你这话，好似你是捡来的孩子似的。”云想想笑出声。

“这你得问我娘，看我是不是捡来的。”陆容非满不在乎地回答。

云想想笑道：“哪有你这么在外人面前说自己爹娘的。”

“我可没把你当外人。”陆容非顺嘴道。

他看似随意的一句话却让云想想微微愣了愣，心底冒出一股怪异的感觉。

跟陆容非相处的这几天，云想想对陆容非改观了不少。他不似她想象中那么不学无术、轻佻浮躁，相反，他很有自己的想法，在酒这方面也有天赋。

他们现在研酿的这个酒方就是他自己琢磨出来的。

“不过说真的，你既然这么喜欢酒，为什么不接手酒坊，反而是你妹妹在管理呢？”云想想好奇。

“你这话跟我爹说的一样。”陆容非试了口酒提里的酒，随后边用笔在本子上记录边回答，“我是这么跟他说的，喜欢酒跟经营酒坊是两回事。”

云想想闻言想了想，然后点点头：“我理解你。”

陆容非颇为意外地看了她一眼，眼神中透露着怀疑。

云想想道：“我家虽然比不上你陆家，但我也算是‘抛头露面’过的，自然能理解。酒跟人不同，酒的表达很直接，你只要尝一口便能明白，但人却不一样，有时候他们心里想什么，嘴上却不一定会说。”

云想想这番话，让陆容非好似找到了知音。

四目相对，陆容非眼神专注而温柔，云想想则被看得有些羞赧。

气氛暧昧之时，早先被陆容非叮嘱过要时刻“关注”柳青山动向的小厮福来大叫着“少爷，不好了”跑了进来。

“我去喝口水。”看到有人来，云想想立刻借口离开。

陆容非前脚才说完“好”，后脚就咬着牙望向表情无辜的福来。

“对、对不起少爷，我不是故意的，是真的有急事。”福来也是人精，自然知道先前大概是个什么情况。

说实话，他这几天跟在少爷身后，也觉得少爷和云小姐挺配的，还是那种来自灵魂深处的般配。少爷和云小姐经常讨论一些他完全听不懂的东西，还能哈哈大笑，要是换成语柔小姐，不知得尴尬成什么样子。

陆容非深呼吸：“你最好是真的有急事。”

福来拼命点头。

陆容非不耐烦道：“赶紧说完赶紧滚。”

“少爷，您之前不是要我时刻关注柳青山吗？我刚刚得知消息，他马上要跟县令的千金成亲了！”

“什么？”陆容非的表情既诧异又带着丝期待，“我虽看出那柳青山是个爱权势的，但却小瞧了他，没想到这才短短几天他就把县令千金给拿了下来。”也难怪能把云想想那傻丫头哄得一愣一愣的。

“哗”——陆容非话音才落下，瓷碗落地的声音便紧接着响起。陆容非和福来侧头望去，只见云想想呆愣地站在后门口，脚下是碎成几块的瓷片。

第三章

云想衣裳花想容

“对、对不起，我马上打扫。”回过神，云想想蹲下身就要去捡碗碎后的瓷片。

陆容非瞪了福来一眼，走过去一把抓住云想想的手，将她拖到桌旁坐下。

这回福来长心眼了，见状赶紧往外跑去，说自己去拿扫帚跟簸箕。

“对不起，我手滑打碎了一个碗。”云想想没话找话，歉意地对他笑道。

陆容非看着她脸上比哭还难看的笑，心里很不是滋味，轻声道：“一个碗而已，你爱打碎多少就打碎多少，只要不打碎我的酒就行。”

云想想被逗笑了，但那笑容很快又消失了，脸上覆盖着一层悲伤。

“想想……”见她这模样，陆容非有些担心。

云想想微微低着头，脸上笑着，眼睛却被水雾弥漫：“青山哥哥，果然要娶那个县令千金吗？”

“你好像早就知道？”陆容非奇怪地问。

云想想自嘲地笑笑：“我同他在一起时，早就发现过他看到县令千金时火热的目光。我知他一心想要出人头地，却没料到他竟然……竟然在这短短数日……不，我不信。”云想想忽然抬起头，“青山哥哥没有亲口跟我说，我不信！”

说着，她猛然站起来，想要跑回去问问。

陆容非一把拉住云想想，道：“笨蛋！你要现在回去吗？你这个样子站在柳青山面前，有多狼狈啊？这都多少天了，他如果心里有你，有什么消息一定会第一时间告诉你吧？”

“可是……”云想想的手冰凉，她的身体有些微微颤抖，“我还是不能相信……”

“你不妨再等等，想想，相信我，如果柳青山心里真有你，一定会来找你说清楚的。若他真负了你，你也不必伤心难过，让那等薄情之人看了笑话！”陆容非认真地说。

云想想愣了半晌，将手缓缓抽回来。她往前走了几步，背对陆容非，语气伤感道：“想来，这酒果然跟人不一样，酒是什么味道，你尝一口便晓得了，但人不同，他们不止会心口不一，还会谎话连篇。”

遭负心汉抛弃的姑娘陆容非见过不少，但要是对象换成云想想，他却不晓得该怎样去安慰。

更何况，这件事来得这么突然，不过才过去几天，几天而已。

“对了，谢姑娘还在何家吗？”云想想忽然问。

陆容非愣了愣，说：“走了。”

“她是……出家了？你给帮忙的？”

陆容非点头。

“你是怎么办到的？”

问到这里，云想想眼中迸发出一丝好奇的光彩，陆容非不愿见她愁眉苦脸的样子，便绘声绘色地描绘了一出他“以珍酒收买道士，谎说谢嫣不吉利，需要出家净化、祈福”的故事。

那何老爷本就嫌弃谢嫣，这下仿佛丢了个败家媳妇儿，立即让谢嫣离开了何家。

陆容非是个人精，任何千奇百怪的主意，只要有，就没有陆容非想不出来的。

“这事恐怕也只有你才能想得出来了。”末了，云想想笑起来，眉眼弯弯道，“你真是谢姑娘的福星。”

若你愿意，我也可以是你的福星。

陆容非心里暗道。

半晌，云想想脸上的笑容又渐渐黯淡，陆容非叹了一口气，严肃道：“想想，哪个好姑娘没遇到过负心汉，哪个好男人没碰到过花心姑娘，人不能因为一次的失败就放弃将来的光明道路啊！是吧？想想。”

云想想怪异地看了他一眼，听他接着说道：“你要是难受想哭，陆少我这件用西域上好布料，再请弄泉县最好的裁缝剪裁的衣裳，勉强给你当抹泪的手绢也成。”

“啪！”陆容非话刚说完，手臂处就挨了云想想结实的一巴掌。不过他这次没闹，而是把自己的肩膀往云想想面前送了送，问：“真的不需要？仅此一家，别无分号。”

云想想没说话，一个劲儿地盯着他，直看得陆少爷有些心虚了，讷讷解释："我不是占你便宜，我是好心……"

他话说到一半，肩头忽地一重，随后，一阵湿意透过肩头的衣裳传了过来。

如果云想想真的哭了怎么办？这个问题陆容非早就考虑过。

首先，他觉得哭出来比憋着好，大夫不都说了吗？如果一个人的情绪不能及时得到梳理，就容易引起肝气郁结。其次，他对自己有信心，他打算等云想想发泄出来后，再好好安慰、开解她一番。可眼下云想想真的哭出来后，陆少爷的脑子却空了。

"你……你别哭了。"这是陆容非在云想想哭后说的第一句话，话说完他自己也傻了，因为之前明明是他让人发泄出来的，于是又立马补一句，"我是说，别哭得太伤心，适当的发泄是好事，但太过了也不好，多少人哭瞎了眼……啊，我不是说你会哭瞎眼睛，毕竟为了那种人哭瞎不值当，不过我也不是暗讽说你眼光不好，不好的是那小子，你只要擦亮眼，一定能遇到会好好珍惜你的人……"

耳边是陆容非的喋喋不休，云想想哭着哭着就笑了出来，但她没笑出声，而是换了个更舒服的姿势趴在陆容非肩上，继续听他胡侃。

"你犯不着为那种人难过，没选你，那是他的损失，你的幸运。你云想想长得不差，身材也不差，最重要的是还会酿酒。人生在世，哪个人不喝酒啊？就算是当今圣上也喝啊，所以你要知道，你所投身的是一项多么伟大的功业啊！咱们可是为了造福天下苍生。"

“你吹牛未免也太过了吧？”云想想听不下去了。

听出对方情绪平稳不少，陆容非嘿嘿一笑：“渲染效果嘛。”

云想想没回答，过了一会儿说：“辞旧迎新。”

“啊？”陆容非莫名其妙。

“我说酒的名字，叫‘辞旧迎新’，我想让喝它的人有焕然一新的感觉。”云想想抬起头。

陆容非视线扫过放在一旁的酒坛，明白了过来，点点头：“嗯！这个名字好！”

“行吧！”云想想坐直身子，“那你先出去，我要一个人好好钻研钻研。”

肩头空了，陆容非心里也有些空。他看着云想想给自个儿打气的模样问：“我为什么要出去啊？留在这里也能给你帮忙，不是吗？”

“你话太多。”

陆容非气结：“我还有事要问你呢。”

“问吧。”云想想一边在本子上记录些什么一边说。

“你要不要回去看看？看看那个负心汉为何与别人成了亲。”

“你是在赶我走？”云想想停下手里的笔抬头问。

“当然不是！”陆容非飞快摆手，“我的意思是……若、若是你家人晓得了，会不会担心你……”

“这个没关系。”云想想再次提笔，“我既然答应了帮你酿完这坛酒再走，就一定会守信用，我娘亲是晓得我性格的。不过你提醒的也没错，我待会儿写封信给家里，就麻烦你派人帮我送回去了。”

“好好好，没问题。”陆容非喜笑颜开，“那我先出去了。”

心知云想想要独自待一会儿，陆容非得到自己想要的答案后便走了，只是在打开门时，福来差点扑进他怀里。

“干什么呢？火急火燎的。”推开福来，陆容非回身关上门。福来被抓包也不觉得不好意思，反而笑眯眯道：“少爷，好机会啊。”

“什么好机会？”

“云小姐正是失意之际，您要是在这个时候给她那么一丝丝温暖，一点点关怀，抱得美人归还不是妥妥儿的事。”

陆容非情不自禁跟着点头，而后又像是忽然回过神似的一巴掌拍上福来的头：“瞎说什么呢！你少爷我是那种趁机占别人便宜的人吗？”

“是啊！”

“讨打！行了行了，你赶紧进去把地上的碎碗扫了，我怕她一会儿不小心伤到，顺便帮我看看她还哭没哭。”

“哎，少爷。”福来乐道，拿着扫帚簸箕准备敲门而入，不过他脚还没抬起来又被陆容非抓住了后衣领子。

“对了，你下次机灵点儿行不行，有些事私下跟我汇报，私下，你懂不懂？”

“现在懂了！”福来“八字眉”往脸上一挂，“那奴才以后还要继续监视……哦不，我是说‘关注’那个忘恩负义的小子吗？”

“不用了，那种人，看多了长针眼，好了，你进去吧。”

一整个下午，云想想都待在酒坊没出来。陆容非本想进去陪着她，但陆老爷却派人将他叫回了家。临走时，陆容非将福来留在了酒坊，让他好生照看着云想想。

回府后，陆老爷将陆容非叫到书房，听完自家亲爹的话，陆容非惊讶道："什么？小瑶要亲自去白桐镇拿酒曲？爹，白桐镇山路崎岖，路途又远，小瑶一个姑娘家太危险了！"

"那也没办法啊，我们家中，只能她去了。"

"我可以……"

"你走了，新酿的酒谁来跟进？"

"这又不急。"

"臭小子！"陆老爷卷起一本书就砸在陆容非脑袋上，"你是不是忘了下个月是什么日子？"

"啊？什么日子啊？"陆容非揉着脑袋问。眼看他爹又要一书筒敲下来，他赶紧道，"哦哦哦，我想起来了！田将军的生辰！小瑶这次去拿的酒曲就是为这次贺礼做准备的吧。"

"算你还有点脑子！"陆老爷吹胡子瞪眼。

"可这跟我新酿的酒有什么关系？"陆容非还是没懂。

"唉。"陆老爷叹了一口气，"我最近总是心神不宁，担心这次贺礼出现什么问题，所以准备做两手准备，不然你以为我为什么会同意你留下云姑娘。"

“哇，老爹，你还真是老谋深算啊！”

“说什么，说什么呢！”陆老爷又抄起一本书，但被陆容非躲过了，“田将军虽然已解甲归田，但在朝中的地位、影响可都还在，再加上今年是他六十大寿，这要真出了问题，我们陆家可担待不起。”

陆容非闻言神情渐渐凝重，陆老爷接着说道：“我和你娘就这么一个女儿，女儿不比儿子。儿子糙点儿没关系，我比你更担心小瑶，我都还没跟你娘说这事儿呢……”

“爹，您这话未免太打击人了……”

“所以你先替爹去跟你娘疏通疏通……”

“什么？爹，原来您是要我上前线，打头阵啊！”

所谓儿子坑爹没商量，其实爹坑起儿子来也不见得手软。

唉，能如何呢？听天由命吧。

于是，陆容非硬着头皮经历了亲娘的泫然欲泣、梨花带雨、泣不成声后，费了九牛二虎之力终将他娘安慰好，此时陆老爷才进场，然后晓之以理动之以情地说服了自家夫人。

启程就在当日，陆风瑶是最早知道此消息的人，所以一早就做好了准备，人手方面陆老爷也准备得很充足。

“瑶姐姐，路上多小心。”临出发前，孙语柔拉着陆风瑶的手，红着眼道，“这是我替你求的平安符，你一定要带在身上。”

“小柔，没事的，我很快就会回来。”陆风瑶揉了揉孙语柔的头发，笑道，“我不在的时候，要是陆容非欺负你了，你就偷偷记下来，

等我回来再帮你报仇……”

“喂！谁欺负她啊！我一个大男人怎么可能欺负小姑娘？”陆容非听到后非常不满。

孙语柔红着脸说：“不会的，容非哥哥人那么好，怎会欺负我？”

“好？他哪里好了？”陆风瑶皱眉，“小柔你啊，就是太善良，你以后要是嫁人了，我可怎么放心啊。”

“我又没想嫁人……”孙语柔低下头，声音小得跟蚊虫一样。

陆风瑶捂嘴笑，挑眉看了自家哥哥一眼：“我看你以后不如就嫁给我哥吧，这样我也好帮着你。”

“瑶姐姐！”孙语柔满面娇羞。

“小柔害羞啦？”陆风瑶还在打趣，一旁，陆老爷和陆夫人都笑了，唯独陆容非神色不耐。

考虑到小姑娘的脸面，陆容非没有当场反驳，只是他眼神一转，看到了提着两小壶酒的云想想，呆呆站在不远处。

“想想！”陆容非欣喜地朝她招手。

陆风瑶紧跟着望过去，礼貌地冲云想想点了点头，算是打招呼。云想想回以一笑，只是心情欠佳，笑容略显苦涩。

陆风瑶是个聪明人，陆容非对云想想那点小火花，她可是看得清清楚楚。至于云想想，她虽不晓得她留在陆府到底所为何事，但有一点她晓得，云想想于孙语柔而言，是个顶级对手。于是，陆风瑶又对孙语柔交代道：“小柔，我要走了。临走前我要提醒你一句，幸福这个东西呢，要靠自己抓在手里，而不能寄托在别人身上，所以你要是真的认定一个人，一定要自己去争取，知道吗？”

孙语柔咬着下唇点点头，心里晓得风瑶的言外之意。

自云想想出现后，容非哥哥就一直盯着她看，孙语柔不是不晓得。

“陆小姐是要出远门吗？”云想想走近问，陆风瑶大方地点点头。

“这些日子在陆府打扰大家了，眼下陆小姐要出远门，我也没什么好东西可以送您。这儿有一小壶酒，是在陆少爷以前那壶酒的基础上改进的，算是小小成品，陆小姐要是不嫌弃，就带一壶上路，闲暇时可以喝来解解闷。”

“什么？成品！你竟然背着我偷偷完成了？”陆容非比陆风瑶反应快，伸手想去拿酒壶，但被云想想躲过了。

两人的互动让孙语柔眼泛醋意。

虽说“主动”的人是陆容非，但陆风瑶觉得“一个巴掌拍不响”，于是便决定替孙语柔给云想想一个下马威。

“云姑娘，我此行是去办正事，喝酒可是会误事的。”她姿态依旧端庄优雅，只是语气中带了一丝敌意。

云想想一怔，还未反应过来，手中便一空。

陆容非抢过酒壶，道：“不喝正好，反正像你们这种人也喝不出个好坏。”

“你！”陆风瑶被哥哥气到，立即忘了“下马威”的事，抢过其中一壶，“你要不要脸啊？我们是哪种人？再说了，这是人家送我的！”

“你不怕误事？”陆容非斜眼问。

“你妹妹我就算喝上个十坛八坛都不会误事！”说完，陆风瑶愤愤不平地提着酒上了马车，马夫扬鞭落下，队伍离开了陆府。

送走陆风瑶后，陆容非好奇地问云想想：“哎，你是怎么改进那半成品的？”

云想想淡淡地回答：“加了薄荷叶。”

“薄荷叶？”陆容非瞪大眼思考道，“薄荷叶口感清凉，混合我原本辛辣猛烈的酒，确实有‘辞旧迎新’的感觉！你是怎么想到的？”

说到酒，云想想的眼睛亮了亮，说：“这事儿得多亏福来，我当时刚试完酒，他见我没胃口吃饭，便给我送来了一些薄荷糕……”

“什么？你没吃饭？”陆容非抓错云想想的重点，但抓住了他关心的事。

云想想有些没反应过来：“我是说酒……”

“酒的事儿再说，你为什么不吃饭？”

“我没胃口啊……”

“你不是也赞同我说的不要为了负心汉难过的话吗？”

“是啊，所以我吃了薄荷糕……不对，我们不是在说酒吗？”

“我说了。”陆容非一副“你别想蒙混过关”的样子，“酒的事放后面。”

云想想沉默半晌，眉头微皱，说：“毕竟我喜欢他那么多年，养条狗都会难过，别说人了。”

这个理由陆容非接受了，他一边在心里暗道“确实还不如养条狗呢”，一边举起手里的酒壶问：“要不咱俩待会儿吃点儿？”

云想想没说话，只是点了点头。

站在府邸门口，挽着陆夫人胳膊的孙语柔瞧见陆容非的模样，十分不是滋味，她婉言道：“容非哥哥跟云姐姐关系真好。”

陆夫人知道孙语柔心中的醋意，只是宽慰道：“你又不是不知道你容非哥哥喜欢钻研酒，既然云姑娘能帮到他，他自然是欢迎的。他呀，跟他爹一个样。”

没从陆夫人嘴里听到自己想要的话，孙语柔点点头没再多说，心里却烦躁不已。

当娘的果然向着自家儿子，看见儿子有魅力开心还来不及，又怎么会帮她？

毕竟，她这个女儿，并不是亲的。

有一句话陆风瑶说得很对，自己的幸福，还是得靠自己。

去白桐镇的路崎岖且多泥泞，但因为气候、地势的原因，自桐镇所制酒曲口味十分独特——陆老爷献给田将军的酒，便是此地酒曲。

而另一个原因是田将军的母亲就出生在白桐镇，那里存着他无尽的情结。

虽说此番路途颠簸了些，但陆风瑶好歹算是顺利拿到酒曲，只是在回去途中忽然下起大雨，一行人被迫躲进破庙。

“大小姐，火生好了。”铺好干稻草当坐垫，陆风瑶的贴身丫鬟燕儿对自家小姐招呼道。

陆风瑶听后回过神，从门口走到火堆旁，在干草堆上坐下。

“大小姐，你说这雨什么时候才会停啊？不会耽误我们回去的行程吧？”看了眼破庙外连绵不绝的雨势，燕儿担忧道。

“回程时我特意跟当地居民打探过，此处确实多雨，但持续时间都不长，所以不用担心会延误。”陆风瑶微笑着安慰她。

燕儿满脸崇拜地看着陆风瑶，说：“小姐，你可真厉害，作为一个女子，能在陆府独当一面。”

陆风瑶笑了笑，没说话。她见有些人淋湿了身子，便叫燕儿将云想想送给自己的那壶酒拿出来，让大家喝一点暖暖身子。

陆风瑶手里捧着酒盏，低头一嗅，发现味道并不呛人，而后浅浅抿了一口，但却尝到一股辛辣，不过她还没来得及再次感受那股辛辣，清凉之意又在口腔中散开，让人头脑一清。

“薄荷……”陆风瑶面露惊奇，“她竟然在烈酒里加了薄荷，实在是妙！”

“哇，大小姐，这酒的口感好不一样啊！”燕儿也啧啧称奇，其余人随之附和。

“对啊大小姐，这是咱们酒坊要出的新品吗？也是少爷酿的？”一随从问。

陆风瑶盯着杯里的液体，嘴角带笑：“不是，这是哥哥和云姑娘一起研酿的。”顿了顿，她又道，“酒壶别丢了。”

“不会丢的，小姐。”

陆风瑶又低头看着杯盏里的酒，脸上露出一丝笑意。且不说云想想这个人如何，她酿酒的手艺确实是极好的。

众人于破庙内避雨，不出多时，果真如陆风瑶所言，风雨很快就过去了。只是当众人再次启程时，却在路上遇到了更大的麻烦，那就是——劫匪。

因为雨水，山路变得更加难走，趁着车轮陷进泥里，大伙儿去帮忙的时候，埋伏许久的匪徒从莽草里冲了出来。

人群顿时大乱，在慌乱与尖叫声中，劫匪挟持了陆风瑶。

“大小姐！”燕儿惊吓大叫。

“别过来！”匪徒拿柴刀架在陆风瑶脖间，冲人群威胁，“想要你们大小姐活命，就把值钱的东西都交出来！”

看着围着他们的凶神恶煞的劫匪，下人们不敢说话，只望向陆风瑶。陆风瑶忍住内心恐惧，开口：“照他们说的做。”

反正此行是来取酒曲的，酒曲又不值钱，只要保住酒曲就好。

匪徒见陆风瑶如此配合，顿时喜上眉梢，拿着袋子去收“货”。而挟持着陆风瑶的匪徒无意蹭到陆风瑶的光滑脸蛋，又见她如此貌美，顿时心猿意马起来。

“小娘子，我看你还是个雏儿吧？怎么样，要不要我带你去舒爽舒爽？”匪徒言语露骨，说完，他们一伙儿都哈哈大笑起来。

燕儿急红了眼，骂道："不要脸！钱也给你们了，你赶紧把我家大小姐放了！"

"放了？我什么时候说要放了你家大小姐？我只说让她活命，好服侍我们一伙儿兄弟，哈哈哈！"匪徒猖狂地笑起来。

燕儿不知该如何是好，急得眼冒泪花。

陆风瑶闻着劫匪身上的恶臭，咬紧牙关。要是事情真的到了不可挽回的那一步，她宁愿自尽也不会让这群畜生得逞！

"世风日下，世风日下啊。"忽然，一道极不协调的声音传来。

"谁？"匪徒大惊，四下查找。

"别找了，在你们头上呢。"那个声音又道。

随后，众人只觉得眼前一花，原先挟持陆风瑶的那个匪徒便号叫着倒地，陆风瑶则被人带离劫匪的控制。

那是突然现身的一名年轻男子，宛若是救世的英雄，将陆风瑶抱起，轻轻跃到另一边。

"对不住了姑娘，危机时刻，多有得罪。"救人男子将手从陆风瑶腰间移开，礼貌道。

陆风瑶只见他身穿月白长衫，头发高绑，还没来得及看清他长什么样，男子便又抢身上前，单枪匹马收拾匪徒。

回过神，陆风瑶急忙对随从道："快去帮帮那位公子！"

众人依言行之，在男子的带领下，狠狠教训了那伙匪徒，把他们揍得鼻青脸肿，毫无还手之力，最后还将他们绑了起来。

“早听人说，白桐镇附近最近出现一伙匪徒，想来就是你们吧。”男子神色冷冽道。

“爷爷饶命啊，爷爷饶命！”匪徒连连求饶。

“这话你留着到县衙说吧。”男子微微挥手，陆风瑶的手下便走过来将那些匪徒拎了起来。

陆风瑶得救后，松了一口气，望向救她的男子。那男子剑眉星目，气质非凡，像是一块上好的白玉，晃得她心头有些发软。

陆风瑶避开目光，微微欠身，道：“多谢公子救命之恩，前面不远就是青山县，公子可否助小女子一行人将这些劫匪送过去？小女子，小女子还未报答公子的救命之恩呢。”

“救命之恩谈不上，在下不过路见不平而已。在下正好也去青山县，顺路，那就陪同姑娘一起吧。”男子拱手道。

“多谢公子。”陆风瑶微微施礼，“小女子名唤陆风瑶，‘夜来南风起’的风，‘欲将心事付瑶琴’的瑶。”

“好名字。在下赵不言，知无不言，言无不尽的不言。”

“不言？好奇怪的名字……”燕儿小声嘀咕。

“燕儿。”陆风瑶低喝道，意思是要燕儿规矩点。

燕儿闻言脖子一缩，吐吐舌头，赶紧闭嘴。

“无碍，无碍。”“赵不言”摆摆手，“这名字确实挺奇怪的。”

他这一打趣，燕儿不好意思地笑了起来，陆风瑶摇头叹气，也跟着笑了。

车轮陷进泥坑是匪徒们设的陷进，待众人重新上路后，再也没遇到过类似的情况，一行人很快就来到了青山县，并把匪徒交给了县衙。

“哼，送进衙门真是便宜他们了，要是让老爷和夫人知道，非得打断他们的腿，尤其是第三条！”出了衙门，燕儿还在愤愤不平。

听完她最后一句话，陆风瑶羞红了脸，“赵不言”尴尬地握拳挡住嘴，藏下了嘴角的笑意。

“臭燕儿，你这话跟谁学的！”陆风瑶低声道。

燕儿理直气壮：“祥嫂啊，她通常就是这么骂那些调侃你的公子哥儿的。”

陆风瑶语塞，“赵不言”憋笑回道：“燕儿姑娘，这话啊，你们这些小姑娘可不能说。”

“为什么？”燕儿不解。

“赵不言”并未解释，而是笑笑着走开。陆风瑶趁此机会跟燕儿解释了一番，燕儿立即羞得满脸通红。

“真是个笨丫头。”陆风瑶叹了一口气，上前与“赵不言”并肩。

“赵公子，你接下来要去哪儿？不知咱们是否同路？”

“我此番出远门是为了四处游历，也借此机会尝尽天下美酒，我听说弄泉县的醍醐酒坊不错，所以接下来打算去那里看看。”

“醍醐酒坊？”陆风瑶心里乐开了花，面上却仍显淡定。她转身拦在“赵不言”跟前，端庄施礼，“实不相瞒，小女子正是醍醐酒坊陆家女儿，要是赵公子不嫌弃，不如随我一起回陆家，我再好生感谢您的救命之恩。”

“赵不言”怔了怔，微微俯身还礼。

意外救下的人竟是陆家的小姐，这是赵子然没想到的。

为了调查魏光，赵子然化名“赵不言”一路赶去弄泉县，途中听闻白桐镇附近有劫匪，所以转了个弯，却没想到误打误撞救下弄泉县最大的酒坊——醍醐酒坊的千金。

都说强龙难压地头蛇，要是有陆家的帮助，赵子然相信自己的调查会顺利很多。

只是到陆家后，陆老爷还没来得及好好谢谢赵子然，便发现运回来的酒曲入了潮，不能用了。

“爹，是女儿不好，我没看好酒曲。”陆风瑶大惊，她这一路上都留意赵公子去了，根本就没有好好检查酒曲是否无恙。

看着箱子里废掉的酒曲，陆老爷摆摆手：“这不怪你，想起你在路上遇到匪徒，爹心里现在都静不下来，我都不知道怎么跟你娘说。”

“那就别说了。”陆风瑶小声劝道。

“这可不行，跟你去的那么多人，万一谁说漏嘴让你娘知道，那你爹我就惨了。”

“那这酒曲怎么办？要不我再去一趟？赶一赶的话，还是能赶上送贺礼的。”

“不必了。”陆老爷关上箱子，“我就说自己最近感到心神不宁，幸得我做了两手准备。”

“什么两手准备？”陆风瑶好奇。

“非儿跟想想一起研酿的‘辞旧迎新’。”

陆老爷这声“想想”叫得陆风瑶有些吃惊，看来这位云姑娘确实有些本事，能让她爹另眼相看。

“不会是上次云姑娘送我的那壶酒吧？那酒我喝过，虽然有些意思，但也不够格给田将军做贺礼。”

“你喝的只是初版，后来他们又加了新东西。”陆老爷说这话时一脸回味，陆风瑶越发好奇，直说要去看看。陆老爷表示同意，不过他也说了，酒在酒坊，要是想去试喝，陆风瑶得先跟陆夫人“说清楚”。

想起娘可能的反应，陆风瑶跟当初的陆容非是一样的心情，这真是怪不得两兄妹关键时刻会一起“对付”他们的亲爹了！

跟陆老爷进书房前，陆风瑶交代燕儿好生招待赵子然。而赵子然在自家时就坐不住，更别说在陆府了，于是提出想去酒坊看看。

又因为“第三条腿”的事，燕儿跟他待在一起也很尴尬，当即点头同意，恰好福来回家帮陆容非拿东西，她便叫福来带赵子然过去了。

一进酒坊，扑鼻的酒香迎面而来，使得赵子然身心愉悦。虽说“不言”这个名字是假的，但他喜欢酒可是真的！

“哎哎哎！那是什么酒？”眼见一个姑娘提着酒壶经过，赵子然鼻尖一动，赶紧叫住她。

看着面前的陌生男子，云想想以为对方是客人，礼貌回应：“这是醍醐酒坊刚研酿出来的，不过暂时不对外售卖。”

不对外交易？赵子然脑子转得飞快，旋即笑道：“莫非这是陆家为田将军生辰准备的贺礼？”

能说出田将军生辰贺礼这事儿，对方可就不是“客人”那么简单了，云想想的眼神一下严肃起来，她转身就要走，打算唤陆容非来解决这事。

“哎！姑娘，我没有其他意思！”赵子然再度拦住云想想。

云想想不说话，只盯着他。

赵子然看着云想想瞪圆的眼，又看了眼她手中的酒壶，可怜兮兮道：“我就是想试一口。”

“不行！”云想想把酒壶往身后一藏，“说了不对外售卖，就是不售卖，这里这么多酒，你喝其他的不行吗？”

“可其他的我都喝过，就你这个我没喝过。”

“这里的酒有几十个品种，你都喝过？”云想想难以置信。

听她这么说，赵子然为了证明自己没说谎，当即把醍醐酒坊的酒名一一报了出来，还顺带说了酿造用的原料。不得不说，他露的这一手让勾起了云想想的兴趣。

“给你喝也不是不可以。”云想想说着打开了半塞的木塞，刚才赵子然就是靠着那一点缝闻到的酒香，“你要是能说出这壶酒的原料，我就给你。”

“说话算话！”

“当然！”

这世上有爱酿酒之人，也有爱喝酒之人。爱喝酒，不是滥喝酒。酿酒者跟爱酒者，就像俞伯牙和钟子期。

“辞旧迎新”的原料，赵子然都一一说了出来，在闻出“薄荷”的时候，他大赞了一番酿酒师的奇思妙想，只是这最后一味，他却怎么也猜不出。

眼看到嘴的鸭子要飞了，赵子然悲痛欲绝，然而就在此时，一杯酒递到了他眼前。

赵子然抬头，视线与云想想对了个正着。

“是黄皮果。”云想想揭晓答案。不过看赵子然的反应，他似乎从未听过，“这是一种野果，具有行气、消食、化痰的作用，口味酸酸甜甜的，我小时候跟娘亲去山上捡柴的时候，她就经常摘这个给我吃，当零食。”

“怪不得，我就说我怎么不知道呢。”赵子然豁然道，随后又细细闻了闻杯中的酒，再慢慢饮上一口。

此酒闻起来味道偏淡，但初入口有些辛辣，而后辛辣转为清凉，当酒下肚后，口中余味是酸甜之感。一杯酒下来，似乎让喝酒之人体验了番跌宕起伏的人生，果然是“辞旧迎新”。

“这酒的初版只有薄荷，黄皮果是后来加的。”云想想又道。

赵子然表示理解：“所谓‘辞旧迎新’，并不是说把旧的东西全部抛弃，而是领悟后的大彻大悟，当我们再回味过去的酸甜苦辣时，心里是淡然，而不是不满。”

云想想笑着点头：“你这么说也没错。”

赵子然又问：“敢问姑娘，酿这酒的老师傅是谁，可以帮我引荐引荐吗？”

赵子然话说完，见云想想神情有些奇怪，又补充道：“哦，我这人就是有这毛病。吃到好吃的东西想要见见厨师，喝到好喝的酒要见见酿酒师，也好方便日后打赏。”

“打赏？”云想想表情更奇怪了。

“这是……家族传统。”赵子然及时改口。

“哦。”云想想还是不理解，这大概是“有钱人怪癖多”？

“那不知姑娘可否帮我引荐？”

“好啊。”

“那走吧？”

“不必走。”

“不必走？”赵子然微微一怔。

“是的，不必。”云想想抬起眼眸，脸上的笑意愈渐加深。

四目相对，气氛沉默之际，赵子然忽然明白了什么，他瞪大眼指着云想想，倒吸一口凉气：“是你？”

云想想点头，旋即又摇头：“除了我还有一位，就是陆家酒庄的少爷，陆容非，在你后面呢。”她笑着用食指点了点赵子然后背方向。

赵子然回头，见不远处的门口，一位衣着翩翩的男子，正凶神恶煞地盯着他。

“怎么？陆家公子脾气很不好吗？”赵子然问云想想。

云想想思考了一会儿回答：“这不好说，他这人以前还好，最近挺阴晴不定的，不知道什么时候就会像现在这样。”

三人距离不远，云想想和赵子然的声音也不小，跟在陆容非身后的福来听见两人对话，内心咆哮：你们距离再近点儿，少爷的脸可能就“白”不回去了。

从福来口中，陆容非得知赵子然是自家妹妹的救命恩人，所以也不太好落人家面子，但他就是看不得赵子然对云想想称赞有加的样子。

“我们家想想酿酒就是厉害！就算没有我的半成品，想想也完全可以酿出‘辞旧迎新’，但是，你能不能别和想想站这么近？”那一股醋味儿，大老远就能闻见。

“陆容非，你又胡说八道了。”云想想瞪他。

“哈哈，这天才果然都是有些奇怪的人。”赵子然是个聪明人，这眼神言语间的小秘密，他看得一清二楚。

陆容非白了他一眼，整整衣衫，还是规规矩矩对赵子然拱了拱手：“你是我妹妹的救命恩人，既然你也如此爱酒，我就勉为其难带你看看我们酒坊吧。”

赵子然笑笑，并未在意陆容非的态度：“有劳了。”

说完，他们三人往酒坊内走去。

陆少爷时不时暗讽赵公子一两句，跟在后面的福来禁不住心想：都说三个女人一台戏，其实两男一女也可以是一台戏，只不过入戏的只有他们家少爷一人。

三人交谈没多久，陆风瑶便与孙语柔一起来到了酒坊。看到孙语柔，赵子然似乎有些疑惑。而陆风瑶听闻赵子然对云想想的赞赏后，心里隐隐有些不悦，但是在尝过“辞旧迎新”后，她心中的不悦少了些，只道：“酒确实不错，但酿酒天才的名头有些过了。在酿酒方面能称为天才的，怕也只有尚已去世的司酒坊圣手云轩了。”

陆风瑶一句话说者无心，但赵子然这位听者却有意。

魏光乃当朝太师，三个月前，身为三皇子的赵子然收到杨学士的消息，说怀疑魏光与契丹有来往，为了以防万一，在得到父皇的批准后，他开始着手调查此事。

调查过程中，赵子然调查到当年云轩遭遇匪徒灭门一事，发现与云轩的好友谢舟有着丝丝关联，两人似乎因酒相识。而这个谢舟便是弄泉县醍醐酒坊的老板“陆之航”。

查出这条消息实在是纯属巧合，而那谢舟，即陆之航，也实在是个心思缜密的人，否则不会过去十几年了，都没被魏光找到。

陆之航举家搬迁、隐姓埋名的举动让赵子然心生疑虑，继续调查中，他隐隐发现还有另一股力量也在寻找“云家后人”，如果杨学士的怀疑没错，这股力量必是魏光无疑！所以，他必须赶在魏光前弄清一切真相！

再说回陆之航，陆之航有一儿一女，至于那位叫“孙语柔”的姑娘，赵子然先前从燕儿口中得知，说其是陆老爷已故好友的女儿，因此，他推测孙语柔极有可能是云轩的后人，可是他又遇见了云想想。

关于云轩的事赵子然从小听过不少，要不是陆风瑶提起，他断然不会将云想想跟云轩联想在一起。

同样拥有极高的酿酒天赋，同样姓云，重要的是她名字里有“想想”两个字。

赵子然想起云府里火烧后幸存留下来的残本，那是云轩的手记，里面有一句话：如果将来生的是个女儿，那就叫她“想想”，云想衣裳花想容的“想想”。

第四章

身世之惑终大白

在田将军生辰来临前，西县女首富以儿子大婚之名，跟陆家定下百壶酒，但她有一个要求，那就是这酒得是“独一无二”的。

“独一无二，独一无二，哪儿有这么多独一无二啊，他们以为研酿新酒方像吃饭这么简单吗？张口就来啊。”跟少爷待在酒坊，福来忍不住抱怨道。

但陆容非好似没听到一样，犹自对着后院的石桌发呆。福来见状摇头不已，心道少爷这是想云小姐了。

自打上上周云小姐离开后，少爷每天至少发三个时辰的呆，可怕的是，少爷还犹不自知。

不过，这种时候他福来的作用就体现出来了。

试问，一个合格的小厮，该如何不着痕迹地提醒自家少爷呢？

“少爷，这新的酒方您想好了吗？要是您没灵感呢，不如再去找云小姐帮忙，反正兴岩镇离弄泉县也不算远。而且呀，我觉得您最好能把云小姐请到咱们酒坊，不然等田将军的贺礼一送上去，大家都知道了云小姐的酿酒天赋，要是其他酒坊把云小姐请走了怎么办？到时候要是云小姐去到南方……”

咚！福来话没说完，陆容非猛地一拍桌子站起身道：“你说得没错，她的酿酒天赋可是我发现的！怎么能让他人坐享其成呢？福来，派人回去禀报一声，至于我俩，现在就启程去兴岩镇！”

“哎！”陆容非“说干就干”的行动力最让福来喜欢，他高声答应，随后快速备好马车、粮、水等，充分体现了为什么他是少爷最喜爱的小厮。

马车略微颠簸，饶是铺着柔软的垫子，一路坐下来陆容非也觉得自个儿屁股疼，可是一想到云想想那双灵动的大眼睛，屁股疼立马就变成了心里甜。

可怜陆大少爷“猪跑”见得多，但当“猪肉”真吃到自己嘴里时，却不知道这就是“猪肉”。

到达兴岩镇后，福来一路打探云想想家的位置，当马车终于停稳，陆容非兴致勃勃跳下车，还没来得及大叫一声“本少爷来了”，就看到一张让他噩梦连连的脸。

“你怎么在这里？”陆容非指着赵子然惊道。

赵子然微微一笑：“我在云姑娘后面一天离开，然后……就到这里来了。”

离开后？陆容非开始计算，那“赵不言”这小子岂不是在这里待了四五天？

“你、你、你在这里干什么？”陆容非继续“审问”。

“跟云姑娘学习酿酒。”

学习酿酒？我看你是别有用心吧！

“赵不言——”云想想的声音遥遥而来，“酒坛洗干净了吗……咦？陆容非？你怎么来了？”

看到云想想，陆容非原先还冒火的眼瞬间铺满星光，他脱口而出：“我来接你回家。”

云想想闻言瞪大眼，跟在云想想身后出来的中年妇女也瞪大了眼。

“想想，这……”中年妇女迟疑道。

云想想面颊通红，赶紧解释：“娘，你别听他瞎说。”说罢又转头去吼陆容非，“你说什么呢！”

娘？陆容非看了看妇女，抬头挺胸，彬彬有礼道：“伯母好，我叫陆容非，不知想想有没有跟你提过我。”

“哦，你就是陆家少爷？”云母态度温和，“想想说她之前在陆家的时候，你很照顾她。”

“哪里哪里，应该的。”她说他照顾她？嘿嘿。

“陆少爷远道而来，有什么事情不如先进屋里坐下再聊，就是寒舍简陋，还望不要嫌弃。”

“不嫌弃，不嫌弃。”

陆容非身后，福来简直没法儿看自家少爷这张殷勤的脸了。

进屋后，一番寒暄完毕，陆容非直切主题。

他虽然不喜欢经商，但经商的天分和头脑却不少，说得云想想很是心动。

“你只是陆家的特约酿酒师，在陆家需要你的时候帮忙，其余时间你爱做什么做什么，你要是想继续经营你家的生意也是可以的，就像‘门客’一样。”

“可是……”云想想故意道，“你就不怕我偷陆家的酒方？”

陆容非无所谓地耸耸肩：“你爱偷就偷呗，反正我们是有条约的，你偷一个酒方，我就让你研酿两个新酒方。”

“啧。”云想想翻了个白眼，“无奸不商。”

“我看可以。”赵子然忽然出声帮衬，“陆家需要想想帮忙，想想也可以借陆家打响自己的名号。”

听到赵子然这话，陆容非终于给了他一个好脸色，不过赵子然说这话却是有私心的。

陆家的安全需要注意，云想想的身份他也还在调查，所以两边他都要注意，如果两方能在一起，就能节省他大把时间和精力。再则，云想想的名头打出去后，他就不信魏光不会起疑，这可是一个引蛇出洞的好机会！

对于云想想去陆家的决定，云母没有意见，临走前，云母将云想想拖到一旁道：“想想啊，记住娘说的话，我们不求荣华富贵，只求平平安安，不是我们的东西，千万不要强求。我看那个陆少爷……”

“娘，人家都没说过什么呢，你能不能别自个儿胡思乱想呀。”云想想打断云母的话，低头道，“再说了，我现在没心情去想儿女情长的东西。”

她回来时看到过柳青山和县令千金恩爱的模样，比起怨愤，不平的情绪更多。

想他柳青山娶县令千金不就是为了名利吗？而她云想想虽然不是什么富贵人家出身，但她有信心，她可以靠自己的能力，成为第二个地方女首富！

于是，那一日，云想想随着陆容非去了陆家，赵子然因有要事在身，则在兴岩镇暂时与他们二人分别。

第三次来到陆家，云想想的身份比前两次尊贵多了，不仅安排的厢房高档了不少，吃穿用度也由陆家一并准备。

对于云想想的到来，陆老爷十分开心，直夸儿子终于做了件好事。陆容非这次也挺高兴的，因为赵子然终于没再跟着他们，而是走亲戚去了。而这当主子的开心了，陆家的下人自然也跟着好过了不少，除了孙语柔。

叮铃哐啷——砸东西的声音接连不断，站在门口等待的丫鬟默不作声，等到声音终于停止后，里面才响起一个声音叫他她们进去收拾。

“为什么还要回来？为什么要跟我抢？”坐在椅子上，孙语柔气得双眼通红。她十指紧握，指甲几乎陷入肉里。

“语柔小姐，别气坏了身体，为了那种人，不值当。”站在她身后一个叫杏儿的丫鬟安慰道。

孙语柔闻言，尽力调整自己的呼吸，让内心平静下来。但不想一个打扫的小丫鬟在捡地上的碎瓷片时，一个没站稳撞到了她。

杏儿在安慰孙语柔时，一巴掌将撞到孙语柔的小丫鬟打倒在地，小丫鬟的脸立即肿了起来。

“你眼瞎吗？”她骂道。

“杏儿姐姐手下留情。”这时，打扫丫鬟中看起来最年长的一位站了出来，“这小丫鬟才来，还有些笨手笨脚的，这才顶撞了语柔小姐，您放心，我一定会好好教她规矩的，不过这个时辰语柔小姐不是要去给夫人请安吗？”

“你算什么东西！轮得到你来说话吗？”杏儿气势凌人，说着就要扬手去教训年长的丫鬟，但被孙语柔叫住了。

“杏儿，算了，她说得没错，夫给人请安可不能耽误。”

杏儿瞪了那丫鬟一眼，对孙语柔欠了欠身子，答：“是，语柔小姐，我现在给您梳妆整理一下。”

一番打扮后，两人出了梧桐苑。此时其他丫鬟才上前将被踹倒的小丫鬟扶起。

“小绿，你还好吧？”年长的丫鬟问道。

小绿还有些呆愣，她红着眼回答：“欣儿姐姐，我没事，晚上擦擦药就好了。”

欣儿心疼地点点头，表情无可奈何：“他们是主人，我们是下人，这种事总是无法避免的。”

“那是我们倒霉！”另一位丫鬟不满反驳，“这杏儿来梧桐苑不

久，不知道用了什么手段哄得语柔小姐开心，这才成了一等丫鬟。而且大家都是丫鬟，她凭什么摆出一副高人一等的姿态？”

旁边一丫鬟连连点头，然后压低声音道：“我听说她以前在京城的大户人家待过，后来不知为什么回到了弄泉县，她那一身的坏习惯呀，肯定是在那里学会的，你们看她都把语柔小姐教成什么样子了。”

“别说了，别说了。”欣儿赶紧打断几人的抱怨，“这里是梧桐苑，不是你们家，小心隔墙有耳，叫别人听了去。”

小丫鬟们闻言，后怕地闭上嘴，继续低头打扫。

西县女首富的订单比田将军的贺礼完成得快得多，对方收到后也表示很满意。而这次的酒方是云想想一个人完成的，她取百花酿酒，其名“花好月圆”。

在女首富的订单交付后，田将军的生辰也到了，“辞旧迎新”让云想想的名字再次达到一个新的高度。

不过云想想知道，她现在能获别人一声尊称“大师”，都是因为陆容非，如果不是他给自己这样的机会，她或许永远也不知道自己能做到这个地步。

只是有一点她很苦恼，为什么陆容非老跟“赵不言”过不去呢？人都走了，他还说他坏话。

“你怎么就看出他不是好人了？”云想想哭笑不得。

“怎么？你不相信我的眼光？”陆容非问，“你忘记我当时跟你说柳青山……”

云想想查看酒的动作一顿，陆容非也知说错话赶紧转移话题：“反正我觉得他接近你肯定有目的。”

云想想很快恢复常态，似乎并没被影响：“你这么聪明，去当县令给人断案好了。”

陆容非小声嘟囔：“我又不是什么人的事都愿意管。”语毕，他看了眼云想想专注观察酒的模样，又好奇问，“你现在……提起那个人没事啦？”

“什么那个人，人家没名字的啊？”

“我不是怕勾起你不好的回忆嘛……”

“没有什么好不好的。”云想想直起身子看着陆容非道，“如果迟早会经历这种事，不如早点遭遇，至少年轻人，心态恢复得快。”

陆容非点头：“没错……”

他话未说完，熟悉的一幕再度出现，福来大喊着“不好了，不好了”跑进酒窖。

这次，陆容非赶在福来开口之前阻止了他，想要拉着他出去“私聊”，不过他又被云想想拉住了。

云想想看着福来问：“跟我有关吗？”

福来看看陆容非，又看看云想想，权衡后还是觉得云小姐说话比较有威信，于是点点头。

“说。”云想想言简意赅。

“是这样的，我刚才在来酒坊的路上，听到传闻，说……说云小姐是当年司酒坊圣手云轩的后人，并且云小姐手里还有千金难买的‘云家酒秘方’。”

这个“不好了”是云想想和陆容非没想到的，因为简直太荒唐了。但紧接着，福来又说了一件事。

“还有就是，柳公子来陆家找云小姐了，说要接云小姐回去。”

“什么？”陆容非一声咆哮，“这小兔崽子竟然还敢来，还说出这么不要脸的话！看我不打断他的腿！”

愤怒使陆容非浑身充满了力气，他挣脱开云想想的束缚，蹬蹬蹬跑出了酒窖，往家里赶去。

云想想虽然对柳青山没什么感情了，但却不想陆容非为了自己跟对方动手，毕竟柳青山大小也是个捕头，还是县令的女婿，于是立马和福来跟了上去。

陆容非步子奇快，云想想追了一路也没看到人，直到她进了陆府，快到厅堂时才听到陆容非的嚷嚷声。

此时厅堂的人不少，陆容非被一群小厮拦着，所以只能骂不能动手。陆老爷坐在正位上，虽然对儿子的行为表示头痛，但也没有阻止。想来这两父子性格相似，肯定都对“负心汉”十分痛恨。

柳青山坐在靠近门口的位置，他一见云想想出现，立即热情起身，迎了上去。

“想想！我终于等到你了。”说话间，柳青山想像以前一样去拉云想想的手，但被云想想躲开了。

“柳捕头，别来无恙。”云想想语气冷淡。

先前吵闹了半天的陆容非见云想想这个态度，态度立即温顺了下来。他整理好衣裳，含笑走到云想想身边，学舌道：“是啊，柳捕头，别来无恙啊，以前有多混蛋，现在还是一样呢。”

说实话，陆容非的表情和语气是挺气人的，但眼下在别人地盘，柳青山又是带着“任务”来的，所以不屑与之争斗，只说想私下跟云想想聊聊。

云想想闻言没回绝，这让陆容非大吃一惊，两人离开时，他抓住云想想的手反复道：“你可千万别被他的甜言蜜语哄骗啊，要不还是我陪你去吧？”

“你放心。”云想想一字一句，“我对他没有感情了，但遗憾和不甘总是有的，所以我要跟他说清楚，也要跟过去做个了结。”

陆容非心神一动，松手了。

云想想和柳青山说了些什么陆容非不知道，他只知道两人出去的时间不短。其间，他坐立不安，一会儿担心云想想太单纯会被骗，一会儿又觉得他该相信云想想。

而陆老爷见自家儿子这样，顿时便明白了他的心思。

虽说他一直希望自家儿子能娶柔儿，不止是为了给柔儿一个好归宿，更是因为他是看着柔儿长大的，对她为人秉性很是清楚。

但要是非儿真的心有所属，他也是断断不会做出那等强人所难之事来的。

"咯咯。"陆老爷子假装咳嗽想吸引陆容非注意，但遗憾的是他儿子完全没听到。

"儿大不中留啊。"陆老爷子感叹，起身走到陆容非身边，将他一把按在座位上。

"你干吗呀爹。"陆容非愣愣地抬头问。

"我干吗？"陆老爷子指着他，"我看我才要问你干吗吧？人才走一盏茶的时间都不到，你在这儿晃悠什么呢？我头都要给你转晕了！"

"才一盏茶的时间？不对吧，我怎么觉得都一个时辰了呢？"

陆老爷摇摇头在陆容非旁边的椅子坐下："我说非儿啊，你有没有觉得自己不太对劲啊？"

"有！"陆容非点头，"我浑身都不舒服，特别想揍那小子！"

"不是这个！"陆老爷一个脑瓜崩下去，"我是指你对想想。"

陆容非呆住了，陆老爷继续："你觉不觉得自己有点……"

"姑父！容非哥哥！"陆老爷话没说完，孙语柔的声音突然响起。

"小柔，你怎么来了？"陆老爷脸带笑意地问道。

"我听说有人要接云姐姐回去了，想来道个别。"孙语柔微微垂着头回答。

"老爷好，少爷好。"在孙语柔身后，杏儿顺势请安。

孙语柔眼波流转，神色娇媚，看得陆容非一阵不舒服，心中也更加不快，就连说话的语气都重了几分："谁跟你说她要走了？"

孙语柔闻言，立即红了眼眶，轻声解释：“我、我也是听说的，容非哥哥，你别生气，柔儿不是故意的。”

孙语柔自小是个什么性子陆容非清楚得很。小时候他觉得这丫头一吓就红眼，跟小兔子似的，挺有意思。长大后有陆风瑶那个“恶女”作对比，他也觉得小柔这样挺好，直到他认识了云想想。

越是相处，陆容非就越是觉得云想想哪儿都好。她是真的理解自己，而不是为了讨他欢心的附和。最重要的是，他跟她在一起时很舒服、自在……

陆容非的走神，孙语柔看在眼里，她不由得攥紧了袖里的手，连掌心被指甲划破了也没感觉，因为她满脑子都是那个人的名字——

云想想！云想想！

杏儿说得果然没错，容非哥哥已经被那个妖女勾去了心魄，若是她再这般被动下去，容非哥哥估计连看都懒得再看她一眼了。

不行！她不准！她不准！

“什么？你要回去？”这是云想想跟柳青山谈完后给陆容非的答案，“你不是又被他的花言巧语给骗了吧？啊！你不会是甘愿回去给他当小的吧？别啊！我跟你说，你要是真去当小的，日子一定会很难过，相信我，这种事我听多了……”

“什么当小的！”云想想气得捶了陆容非一下，这才解释，“我是为了自己才回去的。”

“为自己？为自己什么事啊？”

“我是去找娘亲求证一些事情。”

“求证什么？”陆容非不解地问。

云想想无奈，只得细细解释一遍。

那则关于她身世的传闻，流传范围远比她所想的远。

都说三人成虎，如果她不去找娘亲问清楚，再跟大家好好解释，必定会引起不必要的麻烦。当然，更重要的是她也想知道，这传闻到底仅是传闻，还是有几分可信之处。

关于亲生父亲的事，娘亲从未跟她讲过，小时候每回她问起时，娘亲也是闭口不提，为此，她以前还跟娘亲大吵过，所以“亲生父亲”这事，一直是云想想的心结。

“传闻说我娘亲是十六年前搬到兴岩镇，正是云府被灭的那年，这样看来时间确实对得上。而且我从小就没见过我爹，我娘又没什么酿酒天赋，我却……”

“可就算这样，也不能证明你是云轩的后人吧？再说，这传闻来得如此猛烈，我怕……”陆容非还是有些不放心。

云想想没说话，许久才道：“我想，传闻之所以会落在我头上，总归有它的理由。再者，我娘从没跟我提过我爹的事，我也不是一定需要个爹，但是……我就是想知道我爹是个什么样的人……”

云想想最后一句话触动了陆容非。他自小家庭和睦，父母恩爱有加，确实没考虑到云想想的感受。

“对不起。”他诚心道歉，“要不我陪你回去吧。”

“不用了。”云想想笑道，“谢谢你的理解，不过我还需要你帮我看着酒窖里的酒呢，你放心，我很快就回来。”

为了云想想最后一句话，陆容非放手了。

她说她很快就回来，那么他便信她。

云想想又离开了，还是跟柳青山一起。

远远瞧着云想想跟陆容非告别的场景，孙语柔心里越发难受。

“语柔小姐，您看，我说得没错吧？有些事不是你不争就行的，这好的东西呀，别人也惦记呢。”杏儿苦口婆心，一副全心全意为了孙语柔好的姿态。

孙语柔没作声，但紧攥手帕的手却泄露了她的内心所想。

良久，她问杏儿：“那我该怎么办？”

杏儿垂着头笑：“小姐想要的，我们做下人的自然会帮着你。”

一路加速往兴岩镇赶，云想想和柳青山在镇口下了马车，然后徒步走回家。

路途中，柳青山还在为自己说着好话，或者回忆跟云想想的过往，但云想想实在懒得听。

不知为何，她脑海中竟然时不时地出现陆容非的脸。陆容非的脸就好比一盆冰水，每每她稍微软下心的时候，瞬间又让她清醒了过来。

不过烦心的事情并不止于此，云想想刚到自家院子口，便见院里一

片狼藉。

她眼神一暗，像是想到什么似的，拔腿冲进屋。下一秒，出现她眼前的画面，差点让她晕过去。

“娘亲！”看着被反绑住手，倒在地上的人，云想想几欲哭出声，正要往前冲上去。

“想想……不要过来！”云母声音有气无力地制止，看起来虽然狼狈，好歹脸上没伤。

紧接着，一手持大刀的壮汉从旁边的小门，掀开帘子骂骂咧咧地走了出来：“呸，什么破玩意儿，连口能吃的肉都没有……哎哟！你们可算回来了。”

大汉手中的是真正的刀，并非玩具，云想想心提到了嗓子眼儿，问：“你是什么人，为什么绑住我娘亲？你要是求财……”

“哎哟，小娘子挺懂行啊。”大汉打断她的话，“可惜我求的不止财，还有千金难求的‘云家酒秘方’。”

听到这话，云想想心里咯噔一下。

果然，“云轩”的称号名震四方，就算是“传闻”也会招来麻烦，幸亏她这次回来了，若不然还不晓得娘亲会遭受什么罪。

“那只是传闻，我们家根本没有什么秘方，再说了，我也不认识什么云轩！”云想想解释。

但大汉并不相信，扬了扬手里的刀朝云母逼近：“我看你是想敬酒不吃吃罚酒。”

“不要！”

“刀下留情！”柳青山和云想想的声音同时响起。

大汉停下动作。

柳青山转头劝云想想：“想想，我看他今天拿不到秘方是不会罢休的，你还是直接把秘方给他吧，免得真伤到莲姨。”

“可是……”她是真的没有秘方啊！有的话她早交出去了，为什么大汉和柳青山都认为她有呢？

云想想内心觉得疑惑，但思及眼前情况，决定先安抚住大汉再说。

“好，我答应把秘方给你，但你要先放了我娘。”

“一手交货一手交人。”大汉回答。

“可是秘方我放在陆家了，要不你先跟我去弄泉县，等我将秘方取出后，你再把我娘亲放了，你看如何？”

大汉思考一番，欣然同意，收起刀去拽云母。可就在他弯腰的时候，云想想猛地抄起旁边的捣衣杵狠狠砸在他头上。

大汉吃痛倒地，半天没动弹，云想想迅速拉起云母，唤上柳青山便往外面逃离。

逃跑时，云想想脑中只有一个念头：回弄泉县！去陆容非身边就安全了！

因害怕大汉有同伙，云想想等人不敢走大道，转而走林中小路，借地形来掩盖自己的行踪。

路上，柳青山对云家母女十分照顾。

鉴于他出门时穿的不是衙役服，自然也就没佩刀，可就算如此，他也一直走在云家母女前面，以木棍或者手拨开荆棘杂草。

到了晚上，柳青山还猎来山兔，拔毛去骨烤给她们吃。

山兔肉多肥美，柳青山把肉最多的腿分给了两母女，面对这些细微的关照，云想想心里有些动容。

看着柳青山的背影，她不由地想起了两人以前相处的画面……

——云想想！你是猪吗？像他这种负心汉你竟然还忘不掉？我真是信错你了。

陆容非的脸再次出现。

云想想一愣，揉揉眼，再仔细一瞧：娘亲靠在树干上睡着了，柳青山在添柴，她在发呆，哪儿有陆容非的影子？

她这莫不是想了一整天的陆容非，给想出魔障来了？但是，她为什么会想陆容非呢？

“想想？想想你发什么呆呢？”柳青山走近问。

云想想回过神，心虚道：“没、没什么。”

柳青山就地坐下，望着火堆，语气温柔：“想想，你还记得我们以前经常瞒着莲姨去山上摘野果吗？”

云想想嗯了声，心情复杂，柳青山继续回忆往事。

“那时我们都挺自由快乐的，想想，我很想念以前的日子，但是我也要为未来考虑，想想……你……你不要怨我。”

云想想低垂眉眼，浅浅地笑着，并未答话。

柳青口叹了一口气，望了望熟睡的云母，问："想想，你问莲姨关于你爹的事了吗？"知道云想想对她从未见过面的"爹"有不浅的心结，柳青山当时正是以此为由劝她回来的。

云想想垂下眼，摇摇头。

"那你对你爹真的没一点儿印象吗？你会不会真如传闻所说，是云轩的后人？"

云想想笑："你也信这传闻吗？青山哥哥。"

"可你方才都承认你有秘方了。"柳青山的语气忽然有些急。

"我那是权宜之计。"话说完，云想想懒得过多解释，直接靠在树上闭上了眼，她今天实在太累了。

身体累，心也累。

柳青山没作声，只是安静地添柴。

等云家母女都睡着了，柳青山还坐在火堆前发呆，直到一声独特的鸟鸣在林间响起，他才回过神。

确认云想想和云母没醒，柳青山蹑手蹑脚往发声处走去。

"事情办得如何？"昏暗的林间，一道黑影朝柳青山问道。

柳青山语气低沉："屋里没有东西，路上我问过，看她的意思似乎是没有，你们……真的确认想想就是云轩的后人吗？"

"哼。"黑影语气不善，"这事儿你做不了可以趁早说，自然有其他人可以做。"

"不不不，我没有其他意思，就是……"

“废话少说。”黑影语气冷冷，“你帮我们找到秘方，知州的位置归你，不该你问的，别问。”

黑衣人身上的杀气实在太明显，话已至此，柳青山只得咽咽口水应道：“好”。

见柳青山还算识趣，黑影又补道：“成大事者不拘小节，必要时候，需不择手段。”

黑衣人在说完这句话后，“唰”的一下便不见了人影，只留下柳青山一人呆愣在原地，反复品味他最后一句话。

与此同时，千里之外的京城魏府，一位衣着简朴、年过半百的男人，正神色悠然地修剪着桌上的牡丹盆栽。

如若不是旁人说起，怕是任谁也看不出，眼前之人就是侍奉了两代皇帝的当朝太师——魏光。

“大人，那边传回消息，人已经掌控在柳青山手里了。”一位管家打扮的男人站在魏光身旁，禀告道。

“嗯。”魏光满不在乎地应了声，专心致志地打量眼前的盆栽。

烛光映照下，他面容祥和，气质沉稳而内敛，好似不理尘世的世外高人。

“吴安。”魏光修剪了一会儿盆栽后开口道。

“在，老爷。”

“你可知这盆牡丹是什么品种？”

“这……”管家吴安仔细看了看，摇摇头，“小的不知。”

魏光指着花期已过，只余枝叶的盆栽道："此乃'魏紫'，其花盛开时为紫红色，花瓣多呈荷花形，且花期长，花量大，花朵丰满，故有'花后'之称。"顿了顿，魏光继续道，"可是你看，这花的花期再久，也不过两三个月，而它留给世人的，除了一时赞美，还有什么？而且，人们对它的赞美很快就会被其他事物所取代，真正记得它的，又有多少？"

吴安没说话，一时间，室内只剩下咔嚓咔嚓的剪子声。

半晌后，魏光总算将枝叶修剪完毕，放下了剪子，吴安见状赶紧递上干净的手帕。

"柳青山只是个小小的试探。"魏光边擦手边道，"我可从没指望那种人能成事，陆府那边的情况怎么样了？"

"回老爷，派去陆府的丫鬟回话说还没确定。"

"也是。"魏光点头，"要是真那么容易查出来，我们就不会现在才发现端倪了。"

吴安腰弯得更低了："是属下办事不力。"

"不关你的事。"魏光挥挥手，"这世上聪明的人多得是，心思沉稳的人也不少，不怪你们，也是我疏忽大意了，我一开始还以为三皇子将那云想想带回陆家是为了多份力量保护她，直到探子回报说三皇子的暗卫在陆家都有所分布，我这才起疑。对了，云轩当年有一酒友叫什么来着？"

"回老爷，叫谢舟。"

“哦！谢舟……”魏光重复道，而后把手帕还给吴安，吴安伸出双手恭敬地接过。

“吴安哪，这人啊，都有自己的心思，做任何事的时候，他们最先考虑的永远是自己。柳青山是，陆家的丫鬟是。但正是因为他们有欲望，所以才更好操控，你懂吗？”

吴安不做声，他知道魏光真正问的不是这些。

“你说，人有私心到底是好事还是不好呢？”

“老爷。”吴安说话了，但只回了四个字，“人活一世。”

“人活一世……哈哈哈。”魏光忽然大笑，“是啊，人活一世。对了，三皇子那边先别管，我俩现在都在等对方出招，不过他明显比我更沉不住气。”

“是，属下会让他们多注意的。”

魏光满意地点头，随后走到窗边。借着月光，他远远眺望着远处轮廓模糊的“寒云寺”。

夜色里，寒云寺沉闷的钟声，一下接着一下，久久不散。此刻，他毫无波澜的面庞，似乎终于透露出些许人性，隐隐悲伤。

他侧过头问吴安：“小姐在那里还好吗？”

吴安也望了眼远处模糊不清的山顶，恭敬回道：“跟往年一样。”

“那就好。”魏光点头，“明日多做些素食点心给她送去。”

“是。”吴安应声。

“二十多年。我等得太久，也失去了太多，回不了头了。”

吴安垂首，规规矩矩站在一旁。

红色的烛火，被风吹得一阵晃悠。

从兴岩镇到弄泉县，经大道的话，走路要一日，坐马车要半日，但如果要从树林走小路，则要花上多一倍时间。

走了一天，在第二天午时，云母趁柳青山去找食物，拉着云想想说了一件事。

“想想，你不是一直想问我关于你爹的事吗？”尽管有柳青山的照料，但这些天的奔波还是让云母心力交瘁。

“娘亲，为什么突然说这个？”云想想既期待又有些不安，“等跟陆容非会合了我们再说吧。”

“不，我想早点告诉你，毕竟这个秘密在我心里藏了十六年。”

十六，这个数字让云想想心跳一滞，云母则继续道：“其实，你不是我的女儿，至于你的亲生父亲，相信你最近也有所耳闻……”云母紧紧盯着云想想的眼睛，“他就是当年声名大噪的司酒坊圣手云轩。”

轰——云想想脑子炸开了，她瞪大眼道：“我、我爹是云轩？”

云母点点头，回忆道：“我本名叫‘宁小莲’，并非姓‘云’，当时是跟在云夫人身边的贴身侍女。夫人和老爷都待我极好，是我的救命恩人，那时云府上下也很是和睦。然而好景不长，在你出生那年，云府突遭恶徒袭击，全府上下无一幸存，要不是老爷和夫人使计引开恶徒，恐怕我也无法顺利带你逃出来。”

“可是……他们为什么要……”

“其实我也不懂为何老爷和夫人会做此决定，但当抱着两个婴儿离开时，老爷给了我一个锦囊，说锦囊里的东西事关天下苍生。我猜测，这就是给云府惹来麻烦的根本原因。”宁小莲边说边从怀里掏出一个样式简单的红色锦囊，交到云想想手里。

云母，现在应该叫宁小莲，她此刻所说的事让云想想震惊不已，而云想想脑中虽然有无数个疑问，但因情况紧急，她只挑了关键几个问。

“锦囊里装的到底是什么？”

“这我不知道，得小姐你自己去看了。毕竟这东西是用整个云府的命换来的，我本打算等你长大些就告诉你。可等你长大后，我见你生活得如此无忧无虑，又不愿将你卷入这场漩涡之中。”宁小莲表情挣扎。

一句“小姐”，又勾起她在云府的回忆。这些年，她看到小姐越长越像夫人，不知道偷偷哭过多少次，还有小姐的酿酒天赋也是完完全全遗传自老爷。

如果当年云府的灭门惨案真如她所猜是个阴谋，那小姐迟早会被那伙人认出来。尤其是最近沸沸扬扬的传闻……她怕自己再不告诉小姐真相，就没机会了！

而云想想虽没亲眼所见当年的惨相，但或许骨肉相连，她的内心悲愤不已。稳住情绪，云想想语带哭腔：“所以，那伙人根本不是匪徒，对吗？”

“这只是我的推断。”宁小莲回答，“世人都说云府是因酿酒秘方遭飞来横祸，但如果只是为了抢秘方，那些匪徒完全没必要灭了整个云府。要知道这云府可不是什么小家小户，他们只是求财，何必闹出这么大动静？所以云府在被灭门后，民间便流传出‘云府是因为跟外邦勾结，利益分配不均才引来的杀身之祸’。”

“这样的话也有人信吗？”云想想一脸愤怒。

宁小莲苦笑：“云府出事后官府还找到了部分行凶恶徒，其中确实有契丹人，所以……”

“什么？背后之人连这都算计好了？”云想想吃惊，心里也更加明白了娘亲为什么不愿她搅进这摊浑水了。

幕后之人行事果断，心思细腻，她一人又怎能斗得过？

“娘，那您当时抱出来的另一个孩子呢？是我的姐妹或者兄弟吗？”云想想又问。

宁小莲摇摇头，眼神飘向远方：“不是，小姐是独生女，那个婴儿……是我的女儿。那时候，老爷和夫人虽然引开了部分恶徒，但还是有几个人追上了我。没有办法，我只好……放下你，用她代替你，抱着她假装跳崖。但是在我跳下去时，他们把我女儿夺走了，我拖着受伤的身子找到藏在草丛中的你，几经转折，才来到了现在的地方……”

宁小莲的话让云想想张大了嘴，她从未想过，自己的命，竟然是用另一个无辜的孩子换来的！

“娘亲……我……”眼泪终于流了出来，有委屈，也有内疚，如鲠在喉。

宁小莲摸着云想想的头，像以前一样，温柔道："小姐怎么还叫我娘亲啊。还有，做决定的是我，小姐不必内疚。再说了，当初要不是夫人和老爷，我这条命早就给阎王爷了，到时候要是真要下油锅，那也是我下。"

宁小莲越说，云想想的眼泪就越多。她一个劲摇着头，眼泪大颗大颗往下掉，泣不成声地说："不，您也是我的娘亲，想想是您养大的，您就是想想的娘亲……"只要一想起宁小莲这些年来内心受了多少煎熬，自己以前又因为"亲生父亲"的事跟她争执过多少回，云想想心里就跟刀割一样难受。

"娘亲，虽然我不知道我和您女儿谁大，但娘亲照顾我这么多年，我理应是姐姐，所以就托大自称她一声小妹。我想问您，小妹身上可有你留下的信物？等我们安全后，我就去找她。"

"信物倒是没有，不过她出生时肩头有一块淡红色的花瓣状胎记。但是话又说回来，都十六年了，她活没活着还是一个问题呢……"

"不！娘亲人这么善良，老天爷都看着呢，所以她一定也会保佑小妹的。"

宁小莲闻言笑了："但愿如此吧。"

"一定会！"云想想再三点头，随后扑进宁小莲怀里，同时手里紧紧攥着锦囊。

她发誓，她一定要查清云府惨遭灭门的真相，洗刷云家当年的冤屈，还要帮宁娘亲找到她的亲生女儿。

“这是怎么了？”柳青山的声音忽然传来。

云想想还没回过神，宁小莲就道：“没什么，只是想想见我一路辛劳，有些心疼罢了。”

柳青山闻言笑出声：“想想还是老样子，见不得莲姨你受累。”

“是呀，今早还是吃烤兔吗？”宁小莲说罢放开云想想，一边不着痕迹地将她往自己身后拉，一边给她使了个眼神，让她收好锦囊。云想想心领神会。

吃饱喝足，柳青山再次问及秘方之事，当然，云想想的答案还是不知道。

“青山，你好像对秘方很感兴趣。”宁小莲佯装好奇。

柳青山愣了愣，尴尬地笑笑：“没有，我只是单纯好奇。”

宁小莲敏锐地感觉到柳青山的不寻常，她拉了拉云想想的袖子，示意她小心行事。

云想想会意，哪怕柳青山同她从小一起长大，但如今情势混乱，除了宁小莲，她不能轻信任何人。

“我们继续赶路吧。”云想想提议。

但是听到这句话的柳青山心里则越发焦急起来。

前面不远就是弄泉县了，如果到了弄泉县，拿到秘方的机会几乎为零。到时候，知州那个位置于他而言可就更加遥远了！

——成大事者不拘小节，必要时候，需不择手段。

黑衣人的话再次浮现在柳青山脑海中，他摸到藏在袖中的匕首，原

本漂移不定的眼神忽然坚定了起来。

紧接着，他一把擒住宁小莲，并以匕首抵在她脖间，吓得宁小莲一声惊呼。

“柳青山！你做什么？”云想想大惊失色。

“秘方，给我秘方，只要拿到秘方，我保莲姨安然无恙！”柳青山凶相毕露。

云想想第一时间站起了身，但终究只摸了娘亲的衣角一下，没抓住她人。

咽咽口水，云想想打算先安抚住柳青山：“我真的不知道什么秘方，不过我倒是记得有个锦囊我从小带到大，不晓得那里面有没有你要的秘方。”

“那锦囊呢？”柳青山眼神一亮。

“在陆家。”

听到“陆家”两个字，柳青山脸上的欣喜逐渐换成讥讽：“同样的话说两次，你以为我还会信吗？”

“你……”云想想脑中忽然闪过一个让她难以置信的猜测，“莫非先前绑架我娘亲的那个大汉跟你是一伙儿的？”

柳青山闻言一笑，面带赞赏之意：“想想啊，你从小到大一直这样聪明呢，只可惜太感情用事。”

云想想听到这话紧咬下唇，愤愤地说：“柳青山！我看错了你！”

“你没有看错我，想想，一直以来，我都想要更好的生活。这一次，不过是能让我的梦想提前实现罢了。”

“哼。”云想想冷笑一声，“柳青山，我不会让你得逞的！”

“是吗？”柳青山却不急，只是脸色变得更阴沉，手中的刀用力了几分，霎时，宁小莲脖间便有血渗出。

“娘亲！”云想想惊慌大叫，下意识想拿出锦囊，但被宁小莲以眼神制止了。

“怎么？这样还不愿意说实话？”柳青山继续逼问，手中的刀又用力几分，宁小莲也因疼痛皱了皱眉头。

云想想见此心中更动摇了，她再次打算拿出锦囊。

“想想！”宁小莲看穿云想想的犹豫，出声大叫，“想想，虽然这样对你很不公平，但你要记住，你不是为了自己而活，更不是为了我而活。”你所背负的，还有云府上下几十口人的性命，和云家的名声啊！

最后的话，宁小莲虽然没说出口，但云想想从她的眼神中看懂了。

“可是娘亲……”云想想才止住不久的眼泪又流了出来。

宁娘亲已经因为自己跟亲生女儿分离十六年，并且宁娘亲的女儿目前还生死未卜，她又怎么能让宁娘亲再受到伤害？

“想想。”宁小莲再次开口，也忍不住红了眼眶，“你能叫我一声娘亲，我真的很高兴，如果有缘，娘亲希望下辈子还能陪在你身边。”

说完最后一句话，宁小莲握住柳青山的手，将匕首用力送入脖间。云想想看到这副画面，目眦欲裂。

“不——”她撕心裂肺地喊道。

喊叫声在林间回荡，穿行在灌木丛中的两位男子隐隐约约听见后，对视了一眼，齐齐往声源处赶去。

“云想想，你可千万别出事啊！”奔跑间，长着一双桃花眼的男子眉头紧皱道。

第五章

暗生情愫难抉择

宁小莲宁愿自尽也不愿云想想为难的举动，确实出乎柳青山意料。但他也因此确信云想想身上真的有“秘方”，拔腿就要去抓云想想。但孰料宁小莲拼着最后一口气死死抱住了他的脚。

“该死！放开！”柳青山一脚踹在宁小莲身上。

云想想双眼通红：“娘亲——”

“走……”宁小莲不管不顾，费力吐出一个字。

伤了动脉，如果不是靠惊人的意志力支撑，宁小莲是万万不可能再拖住柳青山的。这点云想想也知道，她想起宁小莲之前跟她说的，自己亲生父亲和母亲为了让宁娘亲带着自己逃离，诱敌离开的事。云想想心中悲痛之余，更生起一股强大的求生之意。

她不能死在这里，云府没了，宁娘亲也没了，要是没有一个人活下来给他们报仇，那他们的死，又有什么意义呢？

擦干泪，云想想果断逃入林间，等柳青山终于摆脱宁小莲后，她瘦弱的身影早已消失无踪……

夜晚，再度来临。

第五章 暗生情愫 难抉择

这是云想想第一次独自在林间过夜。

按照原本的计划，她和宁娘亲此刻本该到达弄泉县，并且待在温暖的被窝里聊天谈心。可因为柳青山的叛变，眼下，不仅宁娘亲没了，她也不得不四处躲藏，需得绕更大的圈子才能走出去……不，或许她连走出这片林子的可能都没有了。

躲在狭窄的山洞里，云想想因害怕柳青山找到自己，连火也不敢生，只得默默忍受内心的恐惧。

闭上眼，四周似乎有某种软体动物从草丛间游过的声音，睁开眼，她又好似在黑暗中看见一双双绿油油的眼睛……

“娘亲……”终于，云想想憋不住小声哭了出来，似乎这样就能化解她的不安和害怕。

她想不通，为什么突然之间一切都变了呢？柳青山……曾经说着要娶她的青山哥哥……怎么会以宁娘亲的性命威胁她交出秘方呢？

宁娘亲为她死了……

她不是她的女儿，她是云家的后人，她竟真的是云家的后人……

阴谋，凶手……一切一切都在云想想脑中盘旋，可现在的她没有办法理智分析、思考，因为她害怕。

忽然，有细微的男声传入云想想耳中，像是来自很远的地方，又像是就在身前。

云想想吓得捂住自己的嘴，避免发出一丁点声音，然后小弧度地往后移动，尽量把自己缩成一团，同时内心祈祷这位“不速之客”千万不要发现自己……

然而，就在云想想步步后移时，一道令人毛骨悚然的“嘶嘶”声又在她耳边响起。随之，凉凉的触感滑到了云想想肩膀。

“呜呜呜……”举着火折子四处寻找云想想的陆容非，隐隐约约听到女人的抽泣声。

他咽咽口水，拉了拉旁边赵子然的衣袖，问：“哎，你有没有听见什么声音啊？”

几个时辰前，担心云想想的陆容非决心来找云想想，却在半路遇见了赵子然。

“什么声音？”赵子然反问，同时拿着火折子往四周查看了一圈。

陆容非紧张地往赵子然身边靠了靠，小声说：“就像是……女鬼的哭声……”

赵子然瞪大眼，一副看傻子的眼神看着陆容非：“你堂堂醍醐酒坊大少爷，竟然信这世上有鬼？”

陆容非感受到赵子然的嘲笑之意，反驳：“宁可信其有，不可信其无嘛。”

“呵。”赵子然不屑轻笑，“胆小鬼……”

只是他话还没说完，又一阵“呜呜”声清晰传入两人耳中。

气氛瞬间死寂，过了会儿，陆容非开口：“你、你听见了吧？”

赵子然咽咽口水，“嗯”了一声。

紧接着，陆容非又道：“不、不要怕，我们两个大男人，阳气足，要不一起去看看吧。万、万一不是，也不用自己吓自己。”

赵子然没说话，只是用行动表示了自己对陆容非的支持——他把陆容非拉到了自己身前。

陆容非瞪大眼：有没有搞错？“赵不言”会武功，他可不会啊！再说了，他方才不还嘲笑自己是个胆小鬼吗？

赵子然接收到陆容非眼中的信息，佯装淡定移开眼，回答：“我的武功只对人有用，你这方面好像比我懂得多。”再说了，他是什么身份啊！陆容非给他打头阵，那也是陆家的荣幸！

至于陆容非，他虽然害怕，但只要一想到“赵不言”竟然躲在自己身后，心里不知怎么就舒爽了起来。

哼，等找到想想后，他一定要跟想想说，这“赵不言”不仅不是个好人，而且他一个大男人还怕鬼！

举着火折子，陆容非和赵子然循着呜咽声走去，两人最后停在一个半人高的山洞前，而那呜咽声早已停止了。

“声音好像是从里面传来的。”赵子然道，他推了推陆容非，“你去看看。”

“我？”陆容非不可思议地指着自己。

赵子然点头，神情坚定。陆容非刚想说不，赵子然又道：“我会轻

功，我带着你跑比较快。”

好哇，这小子言外之意就是，如果自己不去看，到时候要是真遇到什么情况，他就先撒腿跑了是吧？

陆容非伸手指了指赵子然：“算你狠。”随即举着火折子弯下腰，慢慢地走进山洞。

赵子然见此，心想：你也挺狠，你是第一个敢用手指本皇子的。

火光照亮之处，尽是杂乱的藤蔓和潮湿的石壁，陆容非拨开挡在洞口的杂草，佝偻着身子往里走了两步，什么也没看见。

“嘁——赵不言那个懦夫，看着挺威风的，没想到是个中看不中用的草包。对，到时候我就这么跟想想说……”

“陆容非？”

陆容非还在自言自语，忽然听到有人叫自己的名字。

他一个激灵，呆愣在原地，一动不动。

“谁、谁……”过了一阵，陆容非问道。

“陆容非。”那个声音再次叫道。

陆容非这次听清了，是个女的，而且还有种……哀怨之感！

“咕咚！”陆容非咽了咽口水，他壮着胆子问：“谁？我警告你啊，别装神弄鬼的，这世界上怎么会有鬼呢？不存在的啊！”

那个声音消失了。

只是声音消失后，陆容非反而更害怕了。

信则有，不信则无。难道因为他不信，所以那女鬼消失了？

举着火折子，陆容非从左往右扫去——等等！刚刚那一扫而过的是什么？不是个女人吗？

“陆容非。”当火光再次照亮右边角落的时候，长发披散的女人第三次叫出这个名字。

空气沉默下来，三次呼吸后，陆容非尖叫一声便要往外冲去，不过刚回头就看到了跟在他身后的赵子然。

他迅速扑到赵子然怀里，手脚并用地缠在他身上，嚷嚷道：“赵不言！鬼！女鬼啊！”

赵子然脸色黑如锅底：“你先下来。”

陆容非死命摇头。

“赵、赵不言……救命……”那个女声道。

“啊啊啊！赵不言，她叫你啦！”陆容非更加害怕，整个人拼命往赵子然怀里钻。

这下，赵子然终于忍无可忍，直接把陆容非推到一边，对“女鬼”说：“想想，别怕，我来了。”

想想？陆容非噤声了。

他回过头，顺着火折子的光仔细瞧去，可不是云想想吗！只是她肩头处有一条蛇，所以才吓得不敢动弹，也不敢大声说话。

“想想，想想！”不是女鬼就好办了，这回换陆容非推开赵子然，“你不要怕，这蛇没毒，我这就把它捉走，咱们还可以拿回去酿酒。”

三下五除二，陆容非将那条蛇抓走，把云想想救了下来。

只是得救的云想想一直垂着头，低低地呜咽着，什么话都不说。

陆容非与赵子然将云想想带出山洞，福来跟马夫等在山脚，几人汇合后，连夜赶往弄泉县，准备直接回陆家。

途中，云想想一句话也没说，是个人都能看出她状态不好。对视一眼，两个男人识趣地没有追问，而是打定主意，等安定下来后再说。

“少爷，您怎么这个点儿回来了。”下了马车，守在门口的小厮略微诧异地问。

陆容非有些累，又心系云想想，不便多说，只道：“嗯，你先去跟老爷、夫人禀报一声，具体的原因我明日再跟他们解释。”

“是，少爷。”小厮点头，一溜烟就不见了。

陆容非转头看着云想想，说：“我送你回房吧，今天先好好休息一下。”云想想点头。他又对赵子然道，“我让福来带你去你上次住的厢房休息。”

赵子然担忧地看了眼云想想，“嗯”了声。

从大门口到“春雨苑”的路，陆容非陪云想想走过不止一次，但这是他第一次觉得这段路如此漫长。

“到了。”就在陆容非还在蒙头走的时候，云想想轻声道。

“啊？哦。”陆容非回神，但他没有走，而是犹疑地站在门口。

云想想抿抿唇：“陆容非……”

“嗯，我在呢。”

“我……”云想想眼泪开始往外掉。

陆容非慌了：“你……你怎么了？被蛇吓到了？不怕不怕，我把蛇交给福来了，现在应该已经被开膛破肚了。”

云想想摇摇头。

“那、那你不会是因为我刚才把你当女鬼，所以生气吧？想想，我……我发誓！我真不是故意的！要不你打我一顿？”

云想想还是摇头。

看见云想想眼泪哗啦哗啦地流，不知为何，陆容非心里难受极了，他恨不得自己代她难受，代她哭。

“陆容非……我……我娘亲去世了。”

“什么？”陆容非愕然，“伯母她……是什么时候的事？”

“是……是柳青山，柳青山向我逼问‘云家酿酒秘方’，娘亲为了……为了不让我受牵制，以死拖住了他……”云想想低着头，肩膀在剧烈颤抖。

“这、这柳青山中了什么邪啊！他疯了不成？说你是云轩的后人，这只是传闻而已啊！再说了，区区一张秘方，就值得他这么做吗？”

不是传闻，云想想心里道，但她在考虑清楚前，并不打算告诉陆容非自己的真实身世。这是为了他的安全，也是为了陆家的安全。

敌在暗，她在明，她害怕陆家成为第二个云家。

“陆容非……我可能要毁约了。”

“毁约？毁什么约？”

云想想缓缓抬起头，泪眼婆娑：“我可能要离开陆家了……”

“我不同意！”陆容非果断拒绝。

云想想不知该说什么，有许多实情，她现在都无法说出口。

陆容非叹了一口气，握着云想想的肩膀，道：“想想，一来，伯母走后就剩你一个人了，我要是不照顾你，谁照顾你？二来，要是以后还有人听信传闻来找你要‘秘方’，你一弱女子又怎么对付得了他们？至少我陆府有护卫，能护你周全。”

陆容非的话让云想想心中感动，都说患难见真情，她现在算是体验了一把。只不过这傻子到现在都还以为她跟云家有关系这事儿是传闻，到真相揭露那天，他还愿意冒这么大的险，仍旧说要护她周全的话吗？

望着陆容非认真的脸，云想想忽然很怕看见陆容非说不管她的那天，此时此刻，她忽然明白陆容非对她来说是不一样的。

她的直觉告诉她，她很依赖陆容非，但是，她又不愿他受到伤害。

“想想，我说这么多你听进去了吗？”陆容非低低地问。

云想想藏住真实的想法，低着头道：“嗯，我不走。”

就算有一天会走，陆容非，我也不会告诉你。

陆容非闻言笑了，他开心地一把抱住云想想：“想想，你放心，我一定会好好照顾你的。”

云想想被他这一抱吓住，瞬间涨红了脸，语无伦次地说：“你、你……要怎么照顾我……笨、笨蛋！”

陆容非被问住了：“我也不知道，我只知道，你要是一辈子都待在陆家，我也是乐意的。”

“那你以后成亲怎么办啊？”

“成亲再说呗……啊，痛痛痛，想想你突然打我干吗？”

陆容非话说一半，云想想用手肘狠狠撞了他胸口一下。

她的眼，因为刚哭过的原因红通通的，泛着红晕的脸，在月光下泛着莹光，形状饱满的唇，微微紧抿……

她那副生气的模样，陆容非却看得呆住了，他开始觉得口干舌燥，脑子也一片空白，最后连云想想什么时候走的也没注意。

恍恍惚惚回到卧房，洗漱完再躺下，陆容非脑子里还是那副“人比花娇”的美景。

摸着扑通扑通直跳的胸口，陆容非想：他这到底是怎么了？被打也这么开心？还有，想想擦的是什么胭脂水粉，怎么就那么香呢？

思索着这些，陆容非无论如何都睡不着了。

他满脑子都是云想想，却没有注意到，那个看似娇羞的小女子，因为他的一句话，动了怒气……

与此同时，孙语柔的房间里传来瓷器破碎的声音。

屋里的东西再次被她砸得稀巴烂，新做的衣服也撕了，这是她第二次如此发泄着自己的情绪。

因为就在刚才，她亲眼目睹了陆容非抱住云想想的场景。

她怎么又回来了？那个小贱人！真的要抢走她的容非哥哥吗？

身旁，杏儿还在说着“安慰”的话，孙语柔仔细听着，同时心里暗暗发誓，任何想抢走她东西的人，她都不会让对方好过！

当然，孙语柔心中的恨意，云想想并不晓得，而且，在陆容非离开后，她有个更大的抉择要做。

而这个抉择，来自于“赵不言”。

房间内，微弱的烛火缓缓摇曳。

云想想看着忽然出现，并跟自己表明身份的“赵不言”，不，此刻应该叫赵子然，呆愣了许久才问道：“你说你是三皇子，你有什么证据能证明？”

听到这话，赵子然连忙从怀里拿出一块刻着一个“然”字的玉佩。

当朝皇帝姓赵，皇帝膝下有六子一女，其中数三皇子赵子然最受皇帝宠爱，但奈何三皇子无心朝中权力争夺，一心只愿为父分忧。

要说这天下的百姓也不是没有姓“赵”的，但却不能与皇室同名，更别说将字刻在玉佩上了，而且这玉佩上的流苏乃明黄缎捻金丝，乃皇家之物。

云想想一惊，当即要下跪见礼，但被赵子然拦住了。

“不必如此，眼下是我有事求你，再说了，我也不喜欢这一套。”赵子然说完，示意云想想坐下。

云想想坐定后迟疑道：“可草民的身世……”

“哎哎哎！”赵子然扬手，“我都没自称‘本皇子’，你倒是张口闭口草民起来了，你要是再这样跟我说话，我就真赐你个大不敬了。”

云想想面露羞怯：“其实我也不太习惯，但毕竟……”

“没有毕竟。”赵子然再次强调，“如果你真是云轩的后人，称我一声‘子然哥哥’也不为过。”

“想想不敢当。”云想想忙说。

“有何不敢当？想想，你不晓得，云伯父对我而言宛如亲人。”赵子然说。

云想想不解，赵子然这才说起那段父辈渊源。

原来，当今圣上在继承大统前，也是喜爱游山玩水的闲散性子，并曾拜入“文殊”先生门下，成为其二弟子。在他之后，还有位小师妹，是当时赫赫有名的才女，本朝太师魏光的妹妹魏清琪。而这两人的大师兄，便是酿酒天才“云轩”。

“当年，云家惨遭灭门之灾，民间更是流传起云世伯勾结契丹的传

闻……那一阵子，父皇老了许多，我也没再听母妃说起父皇当年的趣事了……还有藏在府里那坛‘一醉笑’，他也不舍再喝。”

赵子然真情流露，三言两语间，云想想似乎看到了父亲活着时的模样。收起感伤，她问道：“那么你此番前来，不是特意来找我，或者说找云家后人的吧？”

“没错。”赵子然大方承认，“毕竟恶徒离去后又放了把火，实在无法确认具体遇难人数。”

放火了么？杀害云家之后，竟然还想放火毁尸灭迹？云想想的眉皱得更深。

赵子然注意到这个小细节，继续道：“那你知道云家为什么会遭遇灭门之灾吗？”

“是因为秘方吗？”云想想稳定下情绪猜测。

赵子然笑：“又不是话本里的故事，秘方这种东西哪儿值得结下这么大的仇。我怀疑，云世伯当年牵扯进一起通敌叛国的密谋里了，正是因为他手里握着重要的情报，所以云家才被盯上。”

云想想沉吟半晌，问：“你的怀疑是猜测，还是有根据的推断。”

赵子然盯着她的眼：“有根据的推断。”

“那这么说来，云家出事后还传出那样的流言，极有可能是他们贼喊捉贼？”

“嗯。虽然父皇不相信云世伯是这种人，但他现在是皇上，不是他的师弟，不能感情用事。一、没有确切证据，二、云家没有活口，所以他什么也做不了。除此之外，我还怀疑这次指示柳青山的人，跟十六年前的是同一个人，所谓的秘方也不过是借口。这样的话，我们的目标便是一致的。”

“我找出迫害云家的凶手，你找出通敌叛国的奸贼。”

“没错。”

“可是。”云想想话锋一转，“我又怎么能确定你说的是真的？”

“果然是云世伯的女儿啊。”赵子然的笑容里带着欣慰和无奈，随后拿出一个明显被火烧过的本子递给云想想，“上次与你们分别后，我便连夜派人回去府上将此本拿来，这是云世伯以前写的随笔，不过内容被那场火烧去了大半，我就是看了这个残本，再加上你的酿酒天赋，才对你的身份起了疑。”

云想想闻言，忙将残本接过。

她颤抖着翻开残破不堪的页面，在最尾一页看到这样一句话——如果将来生的是个女儿，那就唤她“想想”，云想衣裳花想容的“想想”。不论她以后怎样，我都希望她能记得，她是我们心里最美的小姑娘，我们也永远都是她最坚强的后盾。

“爹……爹……”看着这些文字，云想想心中模糊了十几年的身影忽然清晰了起来，她生平第一次叫出这个称呼。

不得不说，血脉真的是很神奇的东西，明明这种残本也可以作假，

但她此刻就是莫名认定这本子出自她生父之手。

在云想想伤感追忆的时候，赵子然一直没说话，还贴心地递上了自己的手帕。

看着云想想默默擦泪，赵子然继续道："我当初在兴岩镇与你们分别，就是因为得知了叛贼的消息，却不想是中了那调虎离山之计。后来，我急急忙忙赶回来，又在半途遇到前去找你的陆容非，这才跟他一道出现。说实话，我真不敢想象，要是我们晚来一步，你是不是就……"说到这里，赵子然顿了顿，而后接道，"你养母的事，在你告诉陆容非之前，我手下的探子汇报给我了，而我也一直在思考，是否现在就跟你坦白这些事，毕竟你最近经历的事情实在太多了。当然，我最终的决定你也清楚了，所以想想，我希望你能原谅我的自作主张。"

云想想摇摇头，望着手里的残本神色复杂："以前那样的生活固然很好，但如果真让我选择，我还是会选择面对一切真相。"语毕，她抬头望向赵子然，"三皇子！我求你！我求你一定要帮我找出迫害云家，害死宁娘亲的真正凶手！当然，那些为虎作伥的也一个都不能放过！"

"你放心，这是我应该做的。"

"对了，赵哥哥……呃，如果你不介意我这么叫你的话……"

"当然不介意！"赵子然笑道。

云想想被他的反应弄得有些不好意思，继续道："你是从什么时候确认我身份的？若只是从酿酒天赋和‘想想’这两个字推断，未免有点草率，毕竟普天之下的酿酒奇才不止我一个，名字也有相撞的可能。”

“这个说来惭愧。”赵子然收起笑容，垂下头，“怎么说我也跟云世伯那一辈差了些年岁，很多事情并不清楚。我不是跟你说过，我上次中了他们的调虎离山之计吗？”

云想想点点头，赵子然接着道：“虽说我是中了计才让柳青山得逞，但我也并非空手而归。幕后黑手怀疑上我，所以派人一路监视，我们趁其不备将监视我们的人抓住，在逼问下才得知，那幕后黑手认得你养母的长相，因此确认了你的身份。”

“认得娘亲的长相？”云想想思索道，“那这就是说，他也认得我亲生父母，甚至可能很熟？”

云想想三言两语说到点子上，赵子然暗暗赞叹她聪慧的同时，又心生忧虑：“是，而且我也有怀疑对象，只是现在并不方便告诉你。”

魏光是谁？那可是太师！皇上的老师！要是没有确凿的证据就说他通敌叛国，更是灭了云家的凶手，流传出去可不得了！而且他现在和云想想之所以还算安全，想必也是魏光不确定他们是否知道一切真相，不愿打草惊蛇。

“想想，人多口杂，隔墙有耳，我现在跟你说这些已经是冒着很大风险了，当然，我说这些也是为了得到你的帮助。”

“帮助？我能帮你什么？如果我真能帮得上，一定义不容辞！”

赵子然沉下脸，凑近云想想，小声道："我需要云世伯留下的'秘方'，当然，那也不一定就是'秘方'，因为那或许就是幕后黑手通敌的证据。"

云想想闻言神色一凛，瞪大眼看了赵子然半晌，确认他不是在说笑，才怔怔道："怪不得……"

随后，她小心拿出宁小莲给她的那个锦囊，说："娘亲去世前只给了我这一个锦囊，说是父亲去世前交给她的，父亲还说，这锦囊事关天下苍生。"

赵子然呼吸一紧，迎着红色的烛光，盯着同样是红色的锦囊，仿佛看见了云府那场血案。

两人不再多言，云想想也轻轻扯开锦囊的带子，将其打开，而里面装的，似是一封信。

"难道这就是……"赵子然忍不住激动起来。

云想想也眼带期盼，他们都希望这封信能解开一切疑团。

但是，掩埋了十六年的真相，注定不会如此顺利天下大白。

信纸摊开后，里面只有些他们看不懂的字符，字不成字。

"这……"云想想愣住了，将信纸往赵子然面前递了递，"你知道这上面写的是什么吗？"

赵子然脸上的欣喜变成疑惑，又转为失落，摇摇头。

云想想猜测："这会不会是某种文字？"

“不排除这个可能，如果你不介意的话，我想誊抄一份，拿回去让人好好研究。”

云想想点头，随即拿出纸笔给赵子然誊抄。

抄完后，赵子然吩咐云想想把锦囊收好，看着自己手里的副本，道:“虽然我之前有那么一丝期待，但其实心里也清楚得很。如果事情真这么容易，又怎么会等到今天还没解开。”

云想想神情失落，可也明白赵子然的意思。

“对了，你养母的尸体我派人去查看了，但没找到。不过你不要担心，我会让他们继续找的。”

“娘亲的尸体怎么会不见了？是柳青山把她带走了吗？”云想想语气焦急。

“这个我也不太清楚，但十有八九，他们可能会以此要挟你，我就怕你……”

“我知道！”云想想虽然表情悲伤，但眼神却很坚定，“娘亲宁愿自尽也不想牵累我，我又怎么会在她死后做出让她伤心的事呢。”

赵子然松了一口气：“你能想通这点就好。”

“不过我还是希望能找回她的尸体，让她入土为安。”

“这你放心，我会的，毕竟她养了你十六年。”

“嗯，那就麻烦你了。”

“不麻烦，只是……”

“赵哥哥，你有话就直说吧。”

“行，那我就不拐弯抹角了，陆容非和陆家的事，你也要好好考虑，你的事不可能一直瞒着他们，如果你还住在陆府，迟早会暴露出来，我会先让人给你找新的落脚处，你要是想好了，告诉我就是。”

陆容非……云想想心神震动，但她很快压下心底的异样，点点头。

烛火下，云想想落寞的面容赵子然看得一清二楚，他开始后悔当初以她为饵引得魏光注意的计划了。

那可是魏光，两代皇帝的老师，又怎是那么轻易就能打倒的？

至于陆之航这边，就让他去查吧，既然已经确定了想想的身份，他是万万舍不得再让她冒险。

出了云想想的厢房，赵子然望着一天比一天圆的明月，想起他唯一一次见到云世伯的场景。

那年，他才三岁，云世伯提着新酿好的酒进宫送给父皇，在等待父皇期间，正是他随母妃接待云世伯的。

年幼的他好奇地问那个浑身似乎都发着光的男子：“那坛子里装的是什么？”

男子笑而不语，直接给他倒了一小杯说：“尝尝。”

见母妃没制止，三岁的赵子然新奇地舔了舔杯里的液体。

“好喝！”尝完后，小赵子然满脸欣喜。

见此，那名男子和母妃相视一笑。

男子道："我这是果酒，特意为了中秋佳节，家人团聚所准备，所以不怎么醉人，孩子妇女皆可喝，但这喝第一口就叫好的，你还是第一个。李贵人，我看你这儿子不得了，跟圣上年轻时一个样！"

"这是圣上的儿子，自然跟圣上一个样了。"母妃听后笑答。

"是！是我说错话了。"男子也笑道，但神色间却有些落寞。

他给自己也倒了杯酒，声音低沉道："物是人非，物是人非啊。"

母妃回敬他一杯，摸了摸满脸懵懂的小赵子然的头，说道："他是几个孩子里跟圣上年轻时性子最像的，我只愿他远离深宫的种种烦忧，过他想要的生活。"

"我也是，若我有个女儿……"

"姑父你有女儿了吗？"小赵子然突然插了一句。

他这一开口，奶声奶气的童音立刻将两位大人逗笑。

男子笑了笑："我姓云，小殿下可以叫我云世伯，但小殿下只能在没人的时候，或者只有你母妃在的时候这么叫。另外，我告诉你我的女儿还在她娘亲的肚子里呢。"

"那小妹妹什么时候出生啊？到时候她会叫我哥哥吗？我是不是要当大哥哥啦？"

"是啊，等小妹妹明年出生后，你就能当大哥哥了。"

回忆渐渐模糊，赵子然心底默念"你就能当大哥哥了"这句话，胸口发酸。

那是云世伯给他的承诺，可惜这个承诺，他一等就是十六年。当年的他不懂那句“物是人非”是什么意思，也曾埋怨父皇不帮云世伯洗清冤屈，直到他某次贪玩躲在母妃床下，想给母妃一个惊喜，最后却无意间睡着，醒来时正好看见父皇俯在母妃身上流泪。

当时的父皇没有面对朝臣议事时的威风凛凛，而是像个孩子似的，嘴里念叨：“婉婷，你说朕当这个皇帝有什么用？师兄的不辞而别我没注意到，现在他家破人亡，还被恶人冠上‘通敌叛国’的罪名，我却无法光明正大地帮他申冤，连然儿都埋怨起我来了……”

“我多么想回到在青云山的时候，那个时候，只要有人说我们三师兄妹其中一人不好，我们其余的人就会立马撸袖子上去直接干架，就连魏太师的妹妹，被誉为‘第一才女’的魏清琪，也会像个男子一样大吵大闹。可是现在……朕有了这个江山，有了出谋划策的朝臣，有了领兵打仗的将军，却连云轩师兄的清白都证明不了！婉婷，你说，朕当这个皇帝还有什么用！”

看到父皇如此无助一面的赵子然内心触动颇多，他也是第一次知道，原来不是当了皇帝，就能想要什么，就有什么。

此后，他再大些的时候，同父皇说起想要云游天下一事，父皇也只是点点头，没说任何反驳的话。现在想来，父皇那一点头，包含的不止是对自己的许可，也包含了自己心中的遗憾吧……

“主子，阿七传来消息，说云小姐落脚的地方已经找好了，问我们这边什么时候动身？”夜色中，一黑衣人在赵子然身后跪下。

赵子然回过神，揉了揉微微发酸的眼，道：“再过些时日吧，这事还是让想想自己做决定。”

“可是那边似乎已经蠢蠢欲动了。”

“我知道，所以我中秋回宫的时候，你们一定要好好保护想想，那魏光不是等闲之辈，所以只要不是危及想想生命安全的事，你们都不要轻举妄动。”

“遵命。”

“陆府这边找出什么了吗？”赵子然又问。

“属下无能，并未找到跟云家相关的信息。”

“既然如此那就别再查了，免得打草惊蛇。我看魏光那边差不多也要有所行动了，只是不知他布了一手什么棋，陆家这边的情况你们要好生留意。”

“是。”黑衣人领命。

最近这两天，陆容非发现云想想跟“赵不言”走得很近，他心里很不舒服。最烦的是，小柔还天天来找他，美其名曰给他送饭。这不，眼下又到饭点了。

“容非哥哥，容非哥哥。”如黄鹂鸟般的少女声，从酒坊门口就开始响起。

“少爷，语柔小姐来了。”虽然少爷满脸不快，福来还是提醒道。

“听到了，听到了，我又不聋。”陆容非烦躁不已，想了想，他又问道，“想想呢？”

“回少爷，云小姐在酒窖里呢。”

“怎么又在酒窖里？”陆容非不满，“自从回来后，她天天都在酒窖里，我去找她，她也不理我，真是烦死人。”

福来闻言，眼珠子一转，问：“少爷这是在烦什么啊？”

“当然是烦她不理我啊！”

“那少爷有没有想过云小姐为什么不理你呢？”

“还不是因为那晚她问些莫名其妙的话。”思来想去，陆容非觉得一定是他那晚哪儿回答错了。

“那云小姐都问了少爷些什么啊？”福来脸上笑容更甚。

“问了……哎，不对，我为什么告诉你啊？本少爷都不懂的事，你懂个屁啊！”陆容非刚准备顺势接话，猛然反应了过来。

福来表示冤枉：“虽然少爷读的书比福来多，懂的也比福来多，但少爷不是常说吗？人无完人，万一福来知道少爷不知道的呢？难道少爷不想跟云小姐和好啦？”

“云想想”这个金字招牌一出，陆容非立马投降了，他笑容谄媚，冲福来挤眉弄眼：“那你可一定要帮我啊。”

“少爷放心！少爷的幸福，就是福来的幸福！”

“好，那我告诉你啊，其实那晚……”

“容非哥哥，你怎么跟福来躲在这里说悄悄话啊，小柔叫了你那么久你都没理我。”事情的发展总是一波三折，陆容非心里的疑惑还没得到解答，孙语柔便找来了。

天哪，他已经躲到这里了，还特意吩咐大家不要告诉小柔，怎么小柔还是这么快就找来了。

“小柔啊，你怎么知道我在这里啊？”陆容非笑得比哭还难看。

孙语柔巧笑倩兮：“容非哥哥你不记得了吗？我们小时候可是经常在酒坊玩躲猫猫的游戏，虽然我长大后没怎么来过了，但酒坊的格局又没变，不要下人们带路我都知道你在哪儿。”

躲猫猫，躲猫猫，陆容非内心咆哮，他小时候到底为什么要带小柔和小瑶来酒坊玩啊！

“怎么了？我是不是打扰你们说正事儿了？”孙语柔试探性地问。

陆容非摆摆手，说：“没什么，我们随便瞎聊呢，对了，今天吃什么啊？”

说到吃，孙语柔脸上笑容更为灿烂，她吩咐杏儿将食盒放到桌上，亲自把菜一样样拿出来，介绍道：“今天有松鼠桂鱼、红烧狮子头、苦瓜酿……”

“什么？苦瓜？为什么有苦瓜？太苦了，我不吃。”看到苦瓜，陆容非的脸立即皱成一团，那双桃花眼都快看不清形状了。

孙语柔见状掩嘴偷笑："容非哥哥，你这不喜欢吃苦瓜的毛病从小到大都没变呢，不过婶娘说啦，最近天气干躁，容易上火，吃苦瓜对身体好。"

"可是这菜也太多了。"陆容非往食盒里看了一眼，端出来三个菜，盒子里还有三个呢！

打量完食盒，他又皱眉对提食盒的杏儿道："你这瘦胳膊瘦腿的，是怎么提动的啊？算了算了，回去吧，不要你提了，福来，你提。"

"啊？"猝不及防被点名的福来一脸茫然，杏儿则对着陆容非掩唇轻笑起来。福来不情愿地说，"为什么啊，少爷，我也很娇弱啊……"

"是吗？"陆容非以手指轻轻敲桌，"我原本还打算赏你跟本少爷一起用膳呢，不过既然你如此娇弱，那我看你还是少吃点儿为好，免得胀气……"

"提提提！"不等陆容非话说完，福来急忙打岔道，"少爷！我可是您的左膀右臂啊！只要少爷您一句话，就是上刀山下火海，我福来万死不辞！"

"扑哧——"孙语柔被两人逗笑，同来的丫鬟也忍不住抿嘴偷笑。福来不好意思地发出"嘿嘿"两声，陆容非则一副没脸见人的模样，扶额闭眼。

"吱——"半掩的门被人从外推开，众人循声望去，见一男一女站在门口。

“不好意思，我不知道这里有人。”屋里气氛良好，云想想有些尴尬，觉得自己打扰了他们。

而看到云想想的陆容非，此时哪儿还记得“面子”的事，立即起身解释：“没事，没事！我本来就是在这里等你的！”

“等我？”云想想有些不解。

“对啊！”陆容非的神情就像啃到肉骨头的小狗。

“等我干什么？”

“呃……”陆容非视线一转，而后看到了桌上的饭菜，指着它们道，“等你来吃饭啊！这可是小柔特意从府上带来的，比酒坊里的好吃不知多少倍！”

云想想看了眼桌上的菜，有六个，如果只是陆容非一个人吃，确实有些多，便信了他的话，只是——

“赵哥哥也在呢。”

什么？赵哥哥？他们竟然这么亲密了？

陆容非差点喷出一口老血，但理智告诉他，自己此时此刻绝对不能失态。

“没事，菜多，要是不够我再让福来去买就是，反正我们陆家不缺这点饭钱。”话说完，陆容非快速扫了赵子然一眼。

听懂陆容非言外之意的赵子然眼神变了变。

这小子百分之百喜欢他的想想妹妹，他好不容易才拉近跟想想的关系，今天还是想想第一次当众叫他“赵哥哥”呢，他才不要马上就多出一个“妹夫”。

再说了，他的想想妹妹又聪明又懂事，酿的酒还这么好喝——有了想想，他再也不用守着府上那不到三分之一的“一醉笑”却不敢喝了。所以，不从百来个天下才俊里挑出几位最优秀的，再在他这里过个十几二十关，休想做想想的夫君。

要做想想的夫君，不说才华横溢，至少得学富五车吧？当然，最好和他一样才华与美貌并存，还能让想想不用为生活发愁，还有最重要的一点，不能三心二意。可是，如果想想以后成亲了，那他还能经常找她要酒喝吗？

想到这里，赵子然隐隐皱了眉。

第六章

陆府风波渐暗涌

两个男人的暗中较劲，云想想心思不在此处，自然没感觉到，但孙语柔却是看在眼里的。

从陆容非叫云想想一起用膳开始，她就恨得牙痒痒，可她不愿让容非哥哥不开心，更希望容非哥哥知道自己是一位知书达理、胸襟开阔的女子，自然只能忍着。

面带微笑，孙语柔起身走到云想想身边，拉着云想想的手笑道："云姐姐不必担心，今天的菜量很足，再说了，小柔吃得也不多，我可以少吃点，你们多吃点就行啦。"

主人家主动表示把饭菜让给客人，这样的举动搁谁身上都会让人觉得窝心。

"不必了，语柔小姐。"云想想不好意思道，"怎么说这饭菜也是你辛苦带来的，我和赵哥哥去外面的馄饨摊吃就好了，我今日正好嘴馋想吃了……"

"一块面皮包蒜末有什么好吃的？"陆容非不满。

"里面有肉。"云想想辩解。

“有什么肉？有这个狮子头的肉多吗？”

云想想不作声，陆容非知晓她要生气了，于是立马放低姿态道：“我吃得也不多，你们要是不吃，这些菜就得倒了，多可惜。”

“不是还有福来吗？”

“福来吃过了。”

“啊？”第二次猝不及防被点名的福来张大了嘴。

陆容非暗暗瞪了他一眼，他立即小鸡啄米似的点头：“对对对！我吃过了！”

“看吧！”陆容非手背在身后给福来竖了个大拇指，福来看了眼桌上的菜，只能苦笑。

“真的，你要不吃，这菜绝对得倒掉！”陆容非又道。

云想想犹豫了，而赵子然有意恶心陆容非，于是也劝云想想坐下。

终于，不大的四方桌旁，坐满了四个人。

“想想，这个是苦瓜酿，最近天气干躁，要多吃苦瓜降火。”拿起筷子，陆容非将第一道菜夹给了云想想。

“谢谢。”云想想礼貌地笑了笑，随口说道，“你也吃。”

见云想想总算对他露出了笑脸，陆容非傻愣愣地“哎”了声，夹起苦瓜酿就往嘴里塞，看得孙语柔、福来和杏儿一脸惊讶。

回过神，陆容非见三双眼都盯着自己，奇怪道：“看我干吗？”

“少爷。”福来一脸担忧，“您觉不觉得嘴里的味道怪怪的？”

“怪怪的？没有啊。”陆容非神色轻松，“这个苦瓜酿很好吃……”说到“苦瓜”，陆容非咀嚼的动作顿时停了下来，仿佛被人点了穴定住了一般。

“怎么了？”云想想好奇问。

孙语柔直直盯着陆容非，答：“容非哥哥他从小都不吃……”

“好吃！”忽然，陆容非又动了动嘴，赞叹道，“这个苦瓜酿，真的……好吃！”

大家的表情更奇怪了，云想想皱了皱眉，说：“你没事吧？不能吃就别勉强了。”

“没有！没有勉强！”陆容非笑起来，“苦瓜而已，我又不是小孩子了，哪有那么挑食。”

云想想明显是在关心他，他可不能在云想想面前丢脸。若是叫她晓得他一个大男人不吃苦瓜，准会被笑掉大牙。

“幼稚。”看穿一切的赵子然轻哼。

“嗯？”云想想奇怪地抬头看向赵子然。

“你说谁幼稚？”陆容非朝赵子然投去凶狠的目光。

“我说——”赵子然夹起一个苦瓜酿，“这个苦瓜酿幼稚。”

云想想怔了怔，不明就里地看着赵子然。

“对！”陆容非忽然大喊，旋即夹起一个红烧狮子头道，“这个红烧狮子头也很爱多管闲事。”

“我怕这个松鼠桂鱼是没自知之明吧。”赵子然继续。

“不不不，我看是这个八珍豆腐自以为是。”

“这个……”

两人你一句我一句，任谁都听得出他们在互相嘲讽，云想想不知道他们为何争吵，孙语柔却清楚得很。

半晌后，她再也忍受不了，放下碗筷道：“容非哥哥，我走了。”

“啊，福来，送送语柔小姐。”陆容非头也没抬，随后又道，“我看这个苦瓜酿是风流倜傥吧？”

他如此敷衍的态度让孙语柔心里越发愤恨。

孙语柔礼节性地跟云想想和赵子然点头道别，但一转过身子脸色就阴沉了下来，双目几欲喷火。

门口，送孙语柔前来的马车还停在那儿。上了马车后，杏儿还沉浸在陆容非关怀自己的话语中，没注意到孙语柔的眼神，等反应过来后才连忙低下头，照常说起云想想的坏话。

“杏儿，你原本在京城做丫鬟，为什么会回到弄泉县。”孙语柔突然问。

杏儿眼神一震，吞吞吐吐地编了个想念家乡的理由。

“可我听说的好像跟你说的不同呢。”孙语柔笑道，那笑，凉得人心里发颤，“我听说，你是想爬上男主子的床，结果被女主子发现了，所以被赶了出来。”

“小、小姐！”杏儿大惊，当即在狭小的马车里跪了下来。

孙语柔不为所动，继续道：“既然容非哥哥嫌弃你瘦胳膊瘦腿提不起食盒，那你今晚就把院里所有丫鬟的脏衣服都洗了，好好锻炼一下身子骨。”

“小姐……”杏儿神态慌乱，张嘴便要求情，但被孙语柔一句话制止了。

“你要是再多说一个字，就连其他院的一起洗了。”

杏儿闭嘴了，孙语柔接道：“还有，要是天亮之前你没洗完，就别待在陆府了。”

语毕，孙语柔闭目养神起来，跪在地上的杏儿虽神色愤恨，但却不敢作声。她打算回府后再好好安抚孙语柔，可没曾想一进“梧桐苑”就被降成了扫地丫鬟，孙语柔身边的大丫鬟，则变成了欣儿。

入夜，从酒坊离开的时候，云想想拒绝了跟陆容非一起走的请求，选择与赵子然一起。面对云想想的冷淡与回避，陆容非一气之下独自上了马车。

只是上车后他就后悔了，一路上都在唉声叹气。

“我的好少爷，您就别再叹气了。”福来忍不住劝道。

陆容非哀怨地看了福来一眼：“你不懂。”

福来作为旁观者心如明镜，他苦口婆心地劝导陆容非说出心事：

“我的好少爷、小祖宗，您这是怎么回事，长眼睛的都看出来了！”

陆容非不叹气了，怀疑地盯着福来：“对了，你之前说能解决……嗯，我还没把那晚的事告诉你呢。”

“甭说了。”福来一挥手，“少爷您的问题，我清楚得很。”

“是吗？那你倒是说说看。”

“少爷啊，您真的不晓得自己对云小姐是怎么一回事吗？”

陆容非闻言，沉思了片刻。他自然晓得，只是不敢确认罢了，于是他小心翼翼地问：“你说，这是怎么一回事？”

“喀喀。”福来咳了两声，营造出一种神秘感，“少爷，您这是——喜欢上云小姐了。”

咚——陆容非觉得自己脑袋好像撞到了一块大石头，疼过之后脑子是懵的。

他、他真的喜欢上云想想了？这……这怎么可能呢？那种不知好歹的臭丫头，他才不会喜欢呢！

“你胡说！”陆容非否认。

“胡没胡说，其实少爷您心里比谁都清楚吧？”福来十分肯定，笑起来，“少爷呀，你自己想想你对云姑娘的感觉，是不是跟老爷对夫人一样？”

陆容非仔细思考，好像是有那么点儿像……所以，他果然是喜欢上云想想了？不过话说回来，如果他喜欢的是云想想的话，好像也不赖。

她虽然不理解自己的心意，但也算得上一个天才，这一方面与他倒是绝配的。

“那……那想想呢？”半晌后，陆容非扭头问道，“你觉得她喜不喜欢我？”

福来摇摇头。

陆容非瞪大了眼：“她不喜欢我？凭什么？我难道长得不好看吗？我难道没有才华吗？我难道养不起她吗？我……”

“我不是这个意思，少爷。”眼见自家少爷情绪越来越激动，福来赶紧打断他，“我的意思是不晓得。因为就我观察，我觉得云小姐还是对您有好感的……”

听到云想想对自己有好感，陆容非心里像灌了蜜般甜，但福来接下来的一句话又给他泼了盆冷水。

“可不晓得为什么，这些天云小姐好像老躲着您。不知道是因为语柔小姐对您太过殷勤，还是赵公子……”

“赵不言！一定是赵不言！”陆容非几乎瞬间就确定了罪魁祸首，“那个赵不言老是喜欢同我作对，不行！我一定要想办法把他从想想身边弄走！”

福来似乎嗅到了战火硝烟的味道，他缩着脖子，赶紧闭嘴，生怕战火将他给“吞噬”。

许是中秋佳节将近，近日来，弄泉县的街道比往常更加繁华，许多小贩开始售卖起面具和灯笼，样式各异的面具与灯笼，给整条街道添加了不少光彩。

一路往陆府走去，赵子然见云想想心不在焉的，便将她拉到一个卖灯笼的小贩前，道："选个灯笼吧，我送你。"

他记得长姐不开心时，收到这种好看的小玩意心情就会好上许多。

赵子然话说完，小贩立即笑眯眯地给云想想介绍，并递了个兔子形状的灯笼给她。

云想想下意识接住小贩递来的灯笼，眨眨眼，看着赵子然问："为什么买灯笼送我？"

"因为中秋节我得回去，到时候便不能陪着你了，只好送你个礼物，以表祝福之意。"

"中秋节？"云想想反应慢半拍，"对哦！今年的中秋要到了呢。我一向记不住这些，往年都是娘亲提醒我的……"

说到这里，云想想情绪有些低落，赵子然看在眼里，赶紧付了灯笼钱，拉着云想想离开。

为了转移云想想注意力，赵子然又带她来到卖糖人的小摊前，给她买了个"小羊"。

云想想拿着糖人说："我小时候每回跟娘亲来弄泉县，都要买上一个糖人……"

“对了，你白天想吃的那家馄饨店还没关门呢，去吃吗？”赵子然打断云想想的话，兴奋地指着街头冒着腾腾热气的店铺。

云想想知晓赵子然的心意，可她不知跟宁小莲来这弄泉县多少回了，留下她们母女俩回忆的地方不少，又岂是想躲就能躲掉的？

不过对于赵子然的好意，云想想还是心领了。

她抓着他的手，略带苦涩的笑容里藏着一丝丝感激：“赵哥哥，其实不用特意避开的。”

“想想……”赵子然内心充满愧疚。

“事情已经发生了，躲着也不是个办法，而且眼下也没有时间让我慢慢去适应，你放心，我会尽快调整好自己的……”

“没关系。”云想想故作坚强的模样赵子然实在看不下去，他轻轻拥住云想想，摸着她的头，安慰，“有我在呢，你还有赵哥哥在呢。”

云想想鼻头发酸，忍住泪意，闷闷地应了一声。

放开云想想，赵子然看着她担忧道：“陆家这边你考虑好了吗？”

他看得出想想对陆容非有不一般的感情。

“嗯。”云想想低声道，“陆家待我不薄，尤其是陆容非。他明知我可能惹了麻烦，还是将我留在府上，我不想连累他，所以我打算再给他多研酿一些新酒便走，已经准备得差不多了，毕竟，以后不知道还有没有机会再酿酒……”

“有的。”赵子然揉了揉云想想的头发，凑到她耳边轻声道，“我府上还有以前云世伯给父皇的‘一醉笑’，等你去了，也好让你尝尝你父亲酿的酒。”

“我父亲酿的……”云想想瞳孔一缩。

“嗯。”赵子然又揉了揉她的头发，然后收回手。

大概是因这一声声的“赵哥哥”，近些日子以来，赵子然总是会想起许多以前的事。

“想想。”赵子然叹了一口气，“虽然今年的中秋你只有一人过，但赵哥哥保证，明年，还有往后的每一年，我都会陪着你。”

如今落得这个地步，仍有人不离不弃地陪在自己身边。云想想心中涌出一股感动，眼睛慢慢变得湿润。

“好了，傻瓜。我们再去逛逛吧，看看你还想买些什么，赵哥哥都送你。”赵子然再次揉了揉云想想的头发，温柔地说。

“不用啦，你已经送了我很多东西，换我送你一个吧。”云想想认真想了想，然后引赵子然走到一卖面具的小摊前。

她挑来挑去，最后选了一个酷似年画娃娃的面具。

“给！这个是我送你的礼物，我希望赵哥哥以后每天都能开开心心。”说到这里，云想想压低声音，“赵哥哥，多愁善感的样子真不适合你，有些事情，你别太操心了。”

闻言，赵子然温柔地笑笑。他接过面具看了看，觉得那个笑得眼睛都看不见的胖娃娃，有几分像想想。

他故作深沉地举着面具，看得云想想有些紧张。

“怎么了？你不喜欢？”她问。

“这倒不是。”赵子然摇头，“我只是看着这面具——”

云想想瞪大眼。

“觉得它——”

云想想的眼睛又瞪大了些。

“跟你有些像。”

“啊？”云想想皱眉，看了看面具，嘴上不满，“哪里像我了？我眼睛有这么小吗？”

“像的不是眼睛。”赵子然故作一本正经地说道，伸手捏了捏云想想的脸，“是脸。你看，你们脸都这么圆，没少吃肉吧？”

云想想愣了愣，回过神后一把拍掉赵子然的手，鼓着腮帮子道：“还给我，我不送给你了！”说着，她便伸手要去抢面具，奈何没有赵子然高，踮着脚尖也够不着。

“哎哎哎！说好了送我就是送我，怎么能收回呢。你快点付钱，老板都该着急了。”

“你！”云想想气呼呼地收手，转过身抱歉道，“对不起，老板，我这就给你钱。”

“没事，没事。”老板笑眯眯地说，“看着你们，我就想起跟我娘子年轻的时候，我们也爱这么闹腾。”

“娘、娘子。”掏钱的云想想顿住，结巴着解释，“你误会了，我们不是……”

“行了，行了，我知道，小姑娘家的害羞嘛。对了，这个面具是一对，这位公子要买下另一个吗？”

小贩的打趣吓到的不止云想想，还有赵子然，他反应过来，迅速地说：“要的要的。”

“赵哥哥！”云想想拽了拽赵子然的袖子，有些不好意思地小声道，“你买另一个干吗啊？要不连你手上这个也不要了吧！他们毕竟是一对，我再给你选一个就好！”

“没事。”赵子然再次避开云想想的手，顺便从小贩手里接过另一个面具，然后又把钱一起付了。

“哎呀，说好我送给你，你怎么给钱了呢？”看着赵子然付完钱就离开了卖面具的摊子，云想想追上去问。

“谁给钱还不是一样的，”赵子然毫不在乎地解释，“再说了，你比我小，我怎么真的好意思要你给钱呢？”

“可是……可是老板说这个面具……”

“老板说什么你就信什么？那都是他们为了把东西卖出去玩的把戏，你管那么多干什么，我喜欢不就好了。”赵子然不动声色地忽悠云想想。

“嗯……你、你说的也有道理。”云想想总觉得哪里不对，却又说不上到底哪里不对。

“那好，这个红色的娃娃面具你拿，蓝色的我拿。”

看着两个款式一样，但颜色不一样的面具，云想想心里有些犯嘀咕。她总觉得，眼前这个风度翩翩的三皇子，有什么东西骗了她。

罢了，反正这面具也挺好看的，就当个玩乐好了！

思及此处，云想想放下了那些想不通的地方。

他二人于街头逛够了才慢悠悠地回到陆府，可把早已回府的陆容非急坏了。

他在房里走来走去，一刻也坐不安稳，并每隔半炷香时间就叫福来去门口看一下。后来等得急了，干脆叫福来守在门口，等人回来了再来叫他。可一旦福来真守在了门口，他却更不放心了，又把福来叫了回来。如此几回合，可把福来折腾坏了。

“我、我说少爷。”福来气喘吁吁，道，“您到底是要我守着，还是怎么着，能一次给个准信儿吗？我、我真的很累啊……”

陆容非赶紧拉着福来坐下，又给他倒了杯茶水，仿佛福来是主子：“好福来，好好福来，唉。”

他直起身子，可怜兮兮地说：“你就别问我要准信了，我自己都不晓得自己在做什么。我以前从来不知道，原来喜欢一个人是这样的感觉，怪不得书上说茶不思饭不想呢。”

陆容非哀怨的语气险些让福来呛到，他痛心疾首：“少爷啊，您果然是老爷的亲生儿子啊！”

陆容非想到自家爹在外威风，在内则是个十足的“妻控”，这等待女人的样子，还真的有些像。

“唉，那个女人！她到底晓不晓得我在等她啊？”陆容非干巴巴地看向门外，望眼欲穿。

一直躲在门外的孙语柔见此一幕，暗暗地握紧了拳头。她深吸一口气，似乎想到了一个人。

“小柔，这朵梅花绣得真好，你的绣工越来越好了，都快赶上‘锦绣坊’的绣娘了！”陆风瑶手里拿着孙语柔“特意”为她绣的手巾，诚心地夸赞。

孙语柔羞涩地掩唇一笑：“那‘锦绣坊’是专给达官贵人绣衣裳的，我哪儿有那等手艺，瑶姐姐你就别取笑我了。”

陆风瑶闻言，眉眼弯弯地笑起：“你的手艺或许比起‘锦绣坊’还差那么一点点。”她比画了小指甲盖那么大一块地方，“但将来给自己绣嫁衣却是够的。”

“瑶姐姐！”孙语柔面红耳赤，“你说什么呢，这要是让外人听到该多不好意思啊！”

“这哪儿有外人。”陆风瑶还在笑，她看了眼身旁的燕儿，问，“燕儿，你说我说得有错吗？”

“没错，没错。”燕儿笑着附和，“在这陆府，谁不知道老爷和夫人把语柔小姐当未来媳妇儿看的呀？”

“就是！”陆风瑶一抬下巴，“你看，燕儿都晓得这个理。”

得到他人认可，孙语柔羞涩之意更甚，但她很快将这份羞涩转变为哀愁。

“怎么了？”陆风瑶细心地发现了孙语柔的表情变化。

孙语柔眼中明显有事，但却摇摇头说：“没什么。”

陆风瑶见她不说，脸色顿时严肃了起来。她先示意燕儿出去，然后才问：“小柔，是不是哥哥又说什么难听的话了？”

自家哥哥没把小柔当未来妻子看，陆风瑶是知道的，但婚姻大事，乃是父母之命、媒妁之言。且他们陆家又不是什么小门小户，不是随便什么阿猫阿狗都能嫁进来。

父母一直有意将小柔嫁给哥哥，他却不好生对待小柔。

“小柔，你听我的，哥哥现在对你没那么上心，是因为我们三个从小一起长大，他早已习惯了你在身边，而且你又总是一副唯唯诺诺，他说什么你就听什么的模样，他怎么对你另眼相待呢？”

“可是……要是容非哥哥说什么，我还反着跟他干，那他岂不是更不喜欢我吗？”孙语柔满脸担忧。

她这话听得陆风瑶哭笑不得：“我不是这个意思，我是说你要懂得欲擒故纵……懂吗？”

“我、我不懂……”孙语柔愁眉苦脸。

陆风瑶深吸一口气，握着孙语柔的手说：“没事，你不懂，我可以教你，总之你要记住，我跟你是一条船上的。”

“那云姐姐呢？”

“云想想？”陆风瑶愕然。

“嗯。”孙语柔点头，表情更加哀愁。

陆风瑶恍然大悟：“难道你不开心是因为她？”

孙语柔欲言又止，挣扎了好一会儿才道：“我只是觉得，容非哥哥似乎更喜欢云姐姐，我今天去给他送饭菜，他还特意邀云姐姐一起吃。而且用餐时他一直给云姐姐夹菜，自己都没吃什么，我见姑父对姑母就是这样……”

“什么？你忙了那么长时间亲自做好的饭菜，他竟然叫云想想一起吃？”陆风瑶不满起来。

“嗯，我见他们说话我都插不上嘴，就回来了……”

“那饭菜呢？”

“留在了那里……”

“你……”陆风瑶气得直拍桌子，“小柔啊！我该说你傻还是说你单纯呢？”

“怎么了？”孙语柔小心翼翼地问。

陆风瑶用手指戳着桌子，一字一句地说：“你做了一早上的菜，哦，他俩吃了？你自己还没吃？”

孙语柔有些茫然地点头。

陆风瑶气得咬紧牙关，这个哥哥，也太不会来事了！云想想也是，真把自己当陆家的人了？

“瑶姐姐，我、我做错了什么吗？”孙语柔小心地问。

“你当然做错了！”陆风瑶收回手，怒气冲冲，但当她看见孙语柔满脸懵懂时，又将那怒火压了下去，柔声道，“不，小柔，错的不是你，你这样很好，有些事如果你做不了，那么我去帮你做。”

“啊？你要做什么啊？瑶姐姐，你不会赶云姐姐走吧？不要啊，我这几天无意听说云姐姐娘亲去世了……”

“什么？她娘亲去世了？”陆风瑶吃惊，“怪不得她这几天心情不大好，但是她怎么不说呢？还有，她不要回去给她娘办后事吗？”

“这我就不清楚了……”

“这个女人！自己娘亲去世，不好生操持后事、尽孝道，竟还待在陆家，她到底安的什么心？”陆风瑶拍桌而起，“小柔，你先回去，我去找哥哥说清楚。”

留下这么一句话，陆风瑶大步离开卧房。

在她身后，原本还一脸担忧的孙语柔，缓缓扬起了嘴角。

大前天晚上，不知是谁在她卧室留下一则云想想娘亲去世的消息，而后为了求证此事，她也派人去兴岩镇打探过，得知云想想的娘亲确实“不见”了。

她不管这个“不见”是暂时离开，还是如传递消息之人所说去世了，反正她也只是“听说”，如果到时候是她说错了，大不了就道个歉。可如果没说错，那陆家是万万不会让这种女人嫁进来的——母亲才去世，身上带丧事的人，是不能留在陆家的。

容非哥哥是她的，她绝对不会轻易放手！

“欣儿，我们走。”整理好情绪，孙语柔换上柔弱无辜的表情，走到门口对守在外面的丫鬟唤道。

“是，语柔小姐，我们是回梧桐苑吗？”欣儿扶着孙语柔。

“不，去容非哥哥那儿。”

跟孙语柔分开后，陆风瑶一路直奔陆容非住处。

岂料，人还没进屋，她就听到自家哥哥在问福来关于云想想的事。

“陆容非！你是被那个女人灌了什么迷魂汤？”陆风瑶进门后，怒不可遏道。

陆容非被妹妹这一声吼吓得一激灵，稳下心神后才道：“陆风瑶？你又发什么疯大半夜跑到我这儿来，还叫得那么大声，吓死我了。”

“大小姐。”福来赶紧起身问候。

视线扫到规规矩矩的福来，又看了眼满脸春心荡漾的陆容非，陆风瑶气得指着福来大骂：“福来！娘把你放到哥哥身边，可不是让你给他出些乱七八糟的主意！哥哥分不清好坏，难道你也分不清吗？你要是真分不清，那留着你也没什么用了！”

“大小姐饶命！”福来吓得跪倒在地。

陆容非见状不乐意了，他一把拽起福来，愤怒地看着陆风瑶，说：“你今天吃错什么药了？你要发疯去你那儿发，福来是我的人，用不着你教训。”

两兄妹，要说从没吵闹过是不可能的，但陆风瑶却从没被哥哥这么教训过，还是当着下人的面，她一下就红了眼。

陆容非见此，让福来先出去，随后过去拉着陆风瑶的袖子。

“怎么了大小姐？吃火药了？”

陆风瑶甩开他的手，气愤地瞪着他：“你再凶我啊。”

“行了行了，到底有什么事？”

陆风瑶满脸不悦地走到一边坐下，因为生气，胸口还在微微起伏。

“行了，你这是做生意时受什么委屈了，不方便跟爹娘说，所以跑到我这儿撒气来了？”陆容非给陆风瑶倒了杯茶水，“你哥哥我这儿只有茶水，没有点心，将就着喝点儿吧，喝完说完，赶紧回去休息……”

“哼！”陆风瑶皱鼻。

“又怎么了？”

“你根本就不关心我！你现在是不是满心都是云想想那个妖女！”

“说什么呢。”陆容非瞪大眼，“怎么好端端的又扯到想想身上去了，还叫人家妖女。”

陆风瑶冷笑道：“你以为我为什么不开心啊？还不就是因为那个云想想！”

“想想每天都待在酒坊酒窖中，跟你都见不着几面，她怎么就得罪你了？”

“哥！”陆风瑶神色严谨，“你就没发现你最近变了很多吗？”

“我变了？”陆容非略微思索，想起福来说的“陷入情爱的男人都会变成小孩”，笑着点点头回答，“没错，我是变了。”

陆风瑶一看自家哥哥这副模样，知道他肯定又想歪了，于是不再拐弯抹角，直接道：“我说你变，是因为你最近总是围着云想想转！你想想你以前，乐意的时候就去研酿新酒，不乐意的时候就去听听书，跟兄弟聚聚。可是现在呢？你的生活里除了云想想再也没有其他事可做了！云想想去酒坊你跟着，云想想回趟家你不放心要去找，哦，你以后是不是连人家吃饭、洗澡、睡觉都要跟着啊？”

洗澡、睡觉？陆容非眼睛一亮，此乃美事，何乐而不为？

“哎呀！哥！”陆风瑶再次读懂了陆容非的表情，心累至极，“你不为自己着想，也要为爹娘着想啊！难道你要他们以后也跟着你一起围着云想想转吗？”

“我和想想的事，跟他们有什么关系？”陆容非嘟囔。

“哥，我们是大户人家，云想想是吗？她会吟诗作对吗？会刺绣吗？会琴棋书画吗……”

“你也不会啊。”陆容非打断她的话。

陆风瑶语塞，而后接道：“我不会，可有人会啊！”

“谁？”陆容飞疑惑。

“小柔！”

陆容非摇头了，他终于知道自家妹妹在搞什么了，敢情是来给小柔出头的啊！

“小瑶，你听着。以前那些女人你不喜欢，帮小柔出头，我没意见，但想想不同。”陆容非一改吊儿郎当的样子，正经道。

陆风瑶也认真反问：“怎么就不一样了？”

“你没感受过她的好，所以不好解释。”

“那你就说点我能听懂的。”

陆容非想了想，依言道：“跟想想说的每一句话，我都觉得很有意义，哪怕我只是问她一句‘今天吃的什么’，她回答我‘馄饨’；跟想想在一起的每一刻，我都觉得十分满足，哪怕她全副心思都放在酒上，连看都没空看我一眼；跟想想做的每一件事，我都想保留珍藏，哪怕她带我去完全找不到方向的山林摘黄皮果……小瑶，我们不是常常觉得爹和娘像孩子一样，老是做些让我们掉鸡皮疙瘩的事吗？遇到想想后，我忽然就明白了。原来，跟爱的人在一起，就会像个孩子一样，容易满足，也容易贪恋。”

陆容非这一席话让陆风瑶呆住了，她忽然什么也说不出口，直到低头看见手里绣着梅花的手帕，才讷讷道：“可是……可是你真的知道她是什么样的人吗？万一她是个不懂礼数、不守孝道的人呢？你还要喜欢她吗？”

“可想想不是那样的人。”

“她是！她娘亲尸骨未寒，她却还在陆家潇洒！”

“你！”陆容非略微吃惊，“你是怎么知道她娘亲的事的？”

陆风瑶眼神闪躲：“你别管我怎么知道的，反正她不给她娘办后事，就是不守孝道，不懂礼数。”

说起这事，其实陆容非也不是很了解，他那天只顾着安慰她，后来又介意她和“赵不言”的亲密样子，哪儿顾得上问这事。

反正这也不影响他对想想的态度，她说，他便听，她不说，他自然不去追问。

正在这时，福来站在院子里朝陆容非拼命打手势，示意云想想和“赵不言”终于回来了，陆容非见状连忙拽起陆风瑶，道：“这个事没那么简单，我以后再解释给你听，你今天赶紧回去吧！”

“你明白我说的话了吗？”被陆容非推搡着，陆风瑶急急地问。

“明白了，明白了，快些回去，你明儿个还要早起呢。”好不容易

将陆风瑶送走，陆容非吐了一口气，对福来说，“走。”

机灵的福来瞬间会意：“好的，少爷！”

同燕儿一起回去的陆风瑶，心中还在想着哥哥那番话。

虽说她站在孙语柔这边，但方才哥哥说的话，她还是理解的。因为爱一个人，大家都感同身受。

“听闻赵公子这几日又留在陆家了？”陆风瑶忽然问燕儿。

燕儿乖巧地回答：“是的小姐，您这些日子都挺忙的，还不晓得赵公子来了呢。”

“哥哥喜欢云想想那种姑娘，不晓得赵公子喜欢什么样的姑娘……”想着想着，陆风瑶轻声笑了起来。

“我看……赵公子应该喜欢大小姐这样的。”跟在陆风瑶身后的燕儿打趣。

陆风瑶闻言，恼羞地要去打燕儿。

燕儿一边躲一边道：“赵公子可不喜欢这样的。”

陆风瑶住手了，问：“你懂什么？”

燕儿笑：“燕儿自然不懂，燕儿是瞎猜的。大小姐呀，我看您说少爷时说得头头是道，怎么到自个儿身上就迷糊了。”

陆风瑶娇嗔：“死丫头，就你话多。”

“哦，我知道了。”燕儿点头，“有句话叫当局者迷，不过大小姐，您这是打算帮少爷，还是帮语柔小姐啊？”

“我也没想好。”陆风瑶苦恼，“我觉得哥哥的话没错，但我又担心那云想想是个不省油的灯。燕儿，你说我该怎么办？”

“燕儿也不晓得，一切还是看小姐的内心想法吧。”燕儿没喜欢过人，她不懂。

不远处，躲在暗处的孙语柔听见一主一仆的对话，表情平静地转身往梧桐苑走去。

欣儿眉间担忧，走出一截路后轻声问：“语柔小姐，您还好吗？”

“有什么不好的。”孙语柔轻笑道。

她这些日子算是想通了，这人都是为了自己而活，她以前不争不抢，除了换来几声称赞，还有其他什么吗？不过这陆风瑶未免也太没用了，看来，她得想办法把事情捅到能真正做主的人那里去。

另一边，云想想刚跟赵子然分别，才走到自己院落门口，就被陆容非堵了个正着。

“你怎么现在才回来，还买了这么多东西。”这是陆容非看见云想想后说的第一句话。

云想想觉得十分好笑，晃了晃手里的东西故意逗他道：“当然是跟赵哥哥逛街去啦，你看不见吗？这都是赵哥哥送我的。”

“哼，不过是一些垃圾罢了。”陆容非嫌弃地看了看那些小玩意，不悦地说。

“我喜欢就行。”云想想抬了抬下巴。

“你说你喜欢？”陆容非问。

“嗯。”云想想笑着点头。

“那我明天送你两倍……不！十倍！”

“不要。”云想想飞快拒绝。

“为什么他送你你愿意接受，我送你你却不要？”陆容非凑近。

“因为你说的十倍，肯定不是你真心实意挑选的。”

“谁说不是的？”

“书上说的！书上都说了，物以稀为贵，真心实意送的东西，肯定是独一无二的。”

陆容非愣住了，云想想紧追不放：“看，我说对了吧！”

“可书上也说了，礼多人不怪啊！”

“那你就去找‘礼多人不怪’的人送吧。”说着，云想想就要推开陆容非往里走去。

然而，她刚绕过陆容非就又被他拉住了，可怜的云想想没站稳，身子一歪就要往旁边倒去。陆容非瞪大了眼，急急忙忙去扶。

一顿手忙脚乱后，兔子灯笼掉地上了，还被陆容非踩扁了。才吃了一半的糖人则整个粘在了陆容非那件用西域上好的布料做的衣裳上。还有半盒桂花糕也洒了，从盒里掉出来沾了灰。

最重要的是——

陆容非竟然不小心亲上了云想想！

云想想看着近在咫尺的那张脸，一时之间有些愣神。陆容非眼睛直勾勾地望着云想想，唇间还有她甜蜜的味道。

“啪！”云想想下意识地扬起手，陆容非便在下一秒被打歪了脸。但是歪过脑袋后，他还是情不自已地咽了咽口水。

“你、你、你！”云想想恼羞成怒，“流氓！”

语毕，她赶紧自个儿站稳，瞪大眼看着陆容非。

陆容非挨了一巴掌还是笑嘻嘻的，大方承认：“对，我是流氓，但也只流氓过你一个人。”

“你还说！”云想想这下连耳根都红透了。

眼角余光扫到张大嘴呆站在一旁的福来，云想想又指着福来吼道：“你看什么看！”

陆容非有样学样，也指着福来道：“对，你看什么看，这是你能看的吗？”

福来回神，立即背过身子，心里苦不堪言：看来他今天注定要当靶子啊……咦？那是什么？

“少爷。”福来开口。

“叫什么叫。”陆容非还在欣赏云想想娇羞的模样，猛然听到福来的声音，十分不爽。

“少爷，我也不想叫您，但是这里多了个面具，刚刚还没有呢。”

“什么？面具？拿来给我……”

陆容非话没说完，云想想一把推开他，从福来手里抢过红色年娃娃面具，快速对陆容非道：“太晚了，我要去睡了。”

然后便跑进了卧房。

陆容非看着云想想的背影，笑得像个傻子，道：“晚安。”

看见少爷这副模样，福来无奈摇摇头。

等云想想的身影完全消失在视线里后，陆容非才停下挥舞的手，对福来吩咐道：“你先让人把地上的东西打扫干净，再把这些物品都给我记下，明天照着买一份回来。”

“哦。”福来点头，“是买一份还是十份啊？”

“福来！”陆容非咬牙切齿。

“少爷！我马上去办！”

第七章

明枪暗箭接踵至

近日来，气候宜人，晚间十分适合睡眠，但赵子然昨晚却失眠了。

陆容非亲云想想的画面反复在他脑中回放，他觉得自己心里有些酸酸的，但又不懂自己为何会这样。

想想于他而言不应该是妹妹吗？他为什么会对她……

搞不懂，真搞不懂。

“赵公子。”轻快的女声响起。

站在院子里的赵子然回神，抬眼看见陆风瑶跟那个叫燕儿的丫鬟一同站在月亮门处。

“赵公子，请问我可以进来吗？”跟赵子然的视线对上，陆风瑶微微笑起。

“当然，陆小姐是这陆府的主人，我是客人，哪儿有你不能来的地方。”赵子然面带微笑。

陆风瑶也笑，走到他身旁，反驳道：“那这么说来，你还是我的救命恩人呢，那岂不是我每次见你都要唤上一声恩公？”

“陆小姐言重了，赵某说过很多次，当初只是碰巧遇上，是陆小姐福厚。”

“就算是我福厚，那也是因为赵公子是我的福星。”

这两人你一言，我一语，客套的话听得燕儿都笑了。

“无理丫头，你又笑什么。”陆风瑶佯装生气道。

燕儿了解她，自是不害怕，诚实回答：“大小姐，不是我说，我看古人有一句话说得好，‘救命之恩当以身相许’，我看您不如……”

燕儿话说完，陆风瑶心头一跳，捏着手帕的手都紧了几分。

但赵子然却面带笑容轻松道：“你这丫鬟倒有趣。”

他这话没表达出什么确切的意思，但陆风瑶就是听红了脸。

不是害羞，是羞臊。

“对不起，是我教导无方。”陆风瑶垂着头，“燕儿，还不快跟赵公子道歉。”

燕儿微微吃惊，但还是规规矩矩行了个礼，说：“赵公子请勿介意，是燕儿多嘴了。”

“不碍事，正是这个年纪的小姑娘，难免心思热络了一些。”赵子然还是那副翩翩公子的样子，只是这回陆风瑶的脸更红了。

匆匆行了礼，说改日再来拜访，陆风瑶便唤上燕儿离开了。

走出院子，燕儿思索再三，开口询问：“大小姐，那赵公子的意思莫不是……”

陆风瑶没说话，只是停下了步子。

燕儿心里不安，上前一看，果然见大小姐红了眼。

燕儿心里不平地骂道：“这个不知好歹的家伙！大小姐能看上他那

是他的福气，他怎敢……”

“燕儿，别说了。”燕儿责备的话还没说完，便被陆风瑶阻止了，“本来感情这事就是你情我愿，又有什么好责怪别人的。”

“可大小姐你昨天还说婚姻大事，父母之命，媒妁之言呢，您要是真的喜欢那赵公子，不如跟夫人说一声，让夫人先去帮你打探打探，看看那赵公子是否有家室，又是何许人也，配不配得上您。”

陆风瑶咬唇不语，好一会儿才道：“可是他现在对我半点意思都没有，我怕娘那边要是真去‘探口风’了，只会让他讨厌我……”

“那怎么办啊？”燕儿也没辙了。

陆风瑶满脸愁绪，人家不喜欢她，她能如何？

燕儿咬咬牙，豁出去似的，凑到陆风瑶耳边道：“大小姐，要不我们找有经验的人去问问吧。”

“谁有经验？只要不是我娘就成。”

燕儿四处看了看，把声音压到最低：“百花楼。”

“啊！你是说……”陆风瑶后面话没说出口，自个儿先反应过来捂住了嘴。

她趁四下无人，拉着燕儿跑到一处更隐蔽的地方才娇嗔道：“燕儿！你把我当什么人啊！你怎么……怎么拿那种地方的姑娘跟我比？”

燕儿表示冤枉：“大小姐，我从小就被送进陆府，除了那地方，我实在想不到有什么其他地方的姑娘，能有那等拴住男子心的手段了。”

“心？”陆风瑶来兴趣了，“你说的是真的？”

“千真万确。”燕儿对天发誓，“尤其是百花楼的‘巧莲’，她可是卖艺不卖身的，但是听说见了她的男人，个个都扬言非她不娶！”

少女怀春，心思总是难以捉摸，要是这话说给旁人听，他们大多只会笑一笑，不会放在心上，可这思春中的少女就不一样了。

她们什么都愿试上一试，只为了让心仪之人能多看自己一眼。

那头，自家妹妹芳心暗许，这头，陆容非也在躁动不安。天一亮，他就去云想想院落门口堵人了。

这位少爷从没起过这么早，而且为了表示对云想想的尊重，他连月亮门都没进，就靠在“春雨苑”三个大字下的墙上。

陆容非呵欠连天的模样看得福来都心疼。

瞧着云姑娘卧房的门半天没动静，福来道：“少爷，要不您再回去睡会儿？等云姑娘醒了我再来叫您。”

“不用了。”陆容非强打起精神，“你少爷我怎么能被这点小事难倒呢？我得让想想看到我的决心！”

“这倒是有决心了，老爷让您经营酒坊怎么不见这么勤快……”福来小声嘀咕。

“哦？你说什么，胆子肥了？”陆容非还是听见了，他伸手就要去捏福来耳朵。

危急时刻，陆容非日思夜想的那个人出现了。

“门！”福来一边捂着自己耳朵，一边指着院子里说，“看来是云姑娘醒了！”

“想想！”陆容非立即回过头，顺带抹平袖子上的衣折印子。

大清早，云想想刚洗漱完，推开门就看到站在月门口的一主一仆，打了一半的呵欠连忙收了起来。

她问：“你们怎么在这里？”

陆容非笑得殷勤：“等你一起去吃早餐，你昨天不是想吃馄饨吗？我知道有一家的馄饨特别好吃，而且他们家还是限时限量售卖。”

“不、不用了。”昨晚的意外还记忆犹新，云想想可不愿跟陆容非独处。

“用的，用的。”陆容非说罢伸手去拉她，“我保证一定好吃。”

姑娘家的手，又嫩又滑，这般柔弱无骨的感觉，让陆容非又心猿意马起来。

他举着云想想的手翻来覆去地看，云想想不解，问他怎么了，他说：“你的手真好摸。”

听到这话，云想想脸红了，福来捂眼了。

福来想，少爷肯定又要挨巴掌了，所以他还是自觉点儿的好。可手搁眼上半天，也没听见预料中的声音响起。

“干吗呢？福来。”陆容非踹了福来一脚，“你倒是走啊。”

福来看了看任由自家少爷牵着的云姑娘，愣愣点头：“哦！”

奇怪，这云姑娘不会是被少爷亲了那么一下，以为清白不保，所以“认命”了吧？

要真是如此，那少爷还纠结个什么劲啊！直接生米煮成熟饭得了！

福来炙热的眼神实在太明显，云想想由陆容非拉了一小截路就受不了，挣扎着要把手抽出来，但陆容非没同意。

“动什么呢，我牵得不好还是怎么的？”他问。

“我、我怎么知道好不好啊！我又没被其他人这么牵过。”云想想成功被他带偏话题。

“是吗？”陆容非脸上放光，“那就是说，我是第一个这么牵你的男人？”

他举起两人相牵的手，嗯，十指相扣，刚好。

云想想不好意思回答。

福来默默接一句：“没牵过可能抱过……”

“胡说！”

“你找死！”

云想想和陆容非异口同声。

福来呼吸一紧，连忙举手投降：“对，我胡说，少爷跟云小姐明明是天生一对，福来祝少爷和云小姐白头到老，子孙满堂！”

唰——这下云想想的脸红得跟熟透的樱桃一样了。

陆容非心里开心，表面却装模作样地揍了福来几下。他一边骂福来“乱说话”，一边背着云想想冲福来竖大拇指。

“若是我府上的下人如此不守规矩，可不是轻轻打几下就算了。”赵子然的声音由远及近。

早已被陆容非放开的云想想神色一慌，下意识往旁边移了些。

云想想自以为做得不着痕迹，但其实在场三人都看见了。

赵子然紧皱的眉头稍稍松了，但陆容非脸上的笑意少了。

不过陆容非是万万舍不得去质问云想想的，于是把火气转到了赵子然身上。

“是吗？敢问赵兄府邸在哪儿啊？规矩那么严，想必不是小门小户吧？什么时候带我去见识见识？”

赵子然神色倨傲：“那你可能没机会见识。”

陆容非眼睛一眯：“你什么意思？”

“字面意思，具体内容你爱怎么理解就怎么理解。”

“你……”战火一触即发，福来看得心惊胆战，但又自知说不上话，只得给云想想使眼色。

云想想没办法，只好硬着头皮道：“别吵了。”

“我们没吵。”

“我怎么会跟他一般见识呢？”

这是赵子然和陆容非的答案。

“你们这还叫没吵啊，简直跟三岁小孩一样……”云想想看着他们的觉得好笑。

云想想这么一说，赵子然总算记起自己的身份，率先移开了眼。

陆容非也立即反应过来，该给云想想留下一个“大度”的印象，于是皮笑肉不笑地问：“赵兄，不知你来找想想有何事。”

“私事。”赵子然多一个字都不想讲。

陆容非眼底的怒火险些又冒上来，但余光扫到云想想的脸，硬生生忍了下来。

他把视线转到云想想脸上，发自真心地笑着说：“想想，要不我先去给你买馄饨，等你聊完了马上来找我？就是米店旁边那家馄饨店。”

陆容非的理解果然换来云想想的感激，她眼眸似水，点点头道：“谢谢。”

这一声谢，让陆容非整个人都飘了起来，他傻笑着跟福来走了。

陆容非和福来离开后，赵子然久久没说话。

云想想知道他生气了，但却不知道他到底在气什么，她以为赵子然是恼她还没做好决定。

“赵哥哥。”云想想小声叫道。

赵子然不冷不热地“嗯”了一声。

云想想没说话了。

赵子然侧目去看她，见她小小一个，低着头，抠着手指，模样十分可怜，堵在心底的情绪瞬间不见了。

“唉。”他轻叹一口气，揉了揉云想想的头，“我又不是气你。”

云想想看了他一眼。

赵子然继续：“我是气那陆家小子无礼，竟然容许身边小厮如此戏弄你。”

“戏弄我什么了？”云想想问。

“就是……百年好合的话。”

“赵哥哥，你不了解福来，他那是开玩笑的。”

“开玩笑也不行，你是姑娘家，怎么能开这种玩笑？要是被其他人听去了，你还怎么嫁人？”

“我没想嫁人的事……”云想想低声道。

“为何？男大当婚女大当嫁，你嫁人是迟早的。”

云想想没说话，赵子然追问：“你是有什么顾虑吗？”

云想想纠结半天才回答：“我怕人家嫌弃我……”

“胡说！”赵子然沉声道，“你有我这个哥哥，谁敢嫌弃你？假如真没人要你的话，我养你。”

闻言，云想想笑了：“那也不能养一辈子啊，要是你娶媳妇了，那我又该怎么办？”

“我……”赵子然堵住了口中的话。

“好啦，不说这个了，你找我是有什么要紧的事吗？”

稳了稳心神，赵子然道：“我不是要走了吗？所以这几天大概不能陪你去酒坊了，我要去着手安排一些事，你要照顾好自己。”

云想想大概猜到赵子然是要忙着安排人手保护自己，或者调查案件进度之类的。

虽说这些事不需要他亲力亲为，但统筹策划的活儿也不好做。

“好，我知道的，你不用担心，我又不是娇生惯养的大小姐。”

云想想一句话本是打趣，不料却触动了赵子然的心思，他看着她道：“你本该是的。”

云想想哑口了，抿嘴一笑："过去的就不说了，眼前跟将来才是最重要的。"

赵子然欣慰："嗯，想想比我这个当哥哥的懂事。"

"行啦，你去忙吧，陆容非还在等我呢。"

"好，那……这边的事你也要尽快做好决定。"

"我明白。"

赵子然没有强硬阻止云想想和陆容非的接触，因为他做不出让她伤心的事。

另一边，陆容非都让老板重煮了三碗馄饨，福来也吃了三碗，云想想终于来了。

看见云想想，福来热泪盈眶，因为再等一会儿的话，他可能连明天的早饭都不需要吃了。

"想想！这里！"陆容非老远就招呼道。

低头避开好奇的目光，云想想快步走近："我看得见，下次别这么大喊大叫的。"

"好。"陆容非乖乖点头，然后把刚煮好的馄饨推到云想想面前，让她趁热吃。

云想想随口一句"你也吃"，陆容非立即拿起勺子去舀自己碗里的"面团"。

"扑哧——"云想想笑了，"怎么，你这碗都糊了啊？"

"端来的时间有点儿久。"陆容非不好意思。

“那我的怎么刚好。”说着，云想想尝了一个馄饨，称赞道，“嗯，真好吃。”

“好吃就好，好吃就好。”

陆容非笑道，也没解释为什么她那碗“正好”。

“对了，福来吃了吗，要不要一起……”看见福来站在一边，云想想好心问。

“吃了吃了！”回话的福来满脸惊恐，但在陆容非警告的视线下，又挤出一个笑容，重新回答，“云小姐，福来吃过了。”

“对，他吃过了。”陆容非也道。

“那你那碗怎么办？要不我分你一些吧，反正我也吃不完。”

话说完，云想想问老板要了个空碗，将自己碗里的馄饨匀了些给陆容非。

她边分边说：“这碗馄饨怎么这么多？”

“是有些多。”陆容非接话。

不过他下次还让老板煮这么多，这样还能和想想吃一碗。

云想想以前经常和娘亲分着吃东西，所以眼下一时没反应过来，等馄饨都分好了，才惊觉自己跟陆容非吃同一碗是不是不太好。

“哎，不知道老板今天怎么煮这么多，你吃不完分我正好，不然浪费了。”云想想见他似乎没多想，也不好反悔，便乖乖将碗推了过去。

一碗馄饨，两人吃，云想想却吃得心神不宁。

结账后，陆容非问云想想接下来去哪儿，云想想说去酒坊，但被陆容非制止了。

“我昨天不是弄坏了你的东西吗？要不我今天带你去买新的吧？”

提起昨天的事，云想想脸上烧得厉害，没接话，陆容非赶紧转移话题：“你喜欢吃桂花糕是吗？”

“还好。”昨天是赵哥哥非要给她买的。

“我知道一家桂花糕特别好吃，我带你去买。还有，我还知道一家店做的灯笼也特别好看，做灯笼的是个老手艺人，他做灯笼做了几十年，年年中秋或者灯谜会的时候，灯笼卖得最快的就是他家，有时候还要预定呢。”

“有那么厉害吗？”云想想被勾起兴趣，“那咱们现在去还能买得到吗？”

“包在我身上！”陆容非露出一个得意的笑容，凑到云想想耳边道，“那老头喜欢喝酒，好多次他说要拿灯笼换我新酿的酒，我都没答应呢。”

“那你现在可有新酿的酒？”

“现在没有，我先跟他赊着便是。”

云想想思索了片刻：“要不用我新酿的酒去换吧。”

“你又新酿了酒？”陆容非诧异，“几时的事，我怎么不知道？”

想到自己研酿酒方的初衷，云想想不敢去看陆容非，只答：“就是这几天，大概有五六种。”

“啊？这么多？怪不得你天天待在酒窖呢。那你准备拿哪个？”

“过几天就是中秋节了，咱们就拿‘果子酿’跟他换吧。”

“果子酿？”

“对。此酒是我用野果所酿制，酒味儿小，老人、小孩、妇女都可以喝，就是过节喝个开心。”

“这可以！不过我都还没喝过呢，怎么能先给别人喝。”陆容非说着说着就不开心了。

云想想看着他像个孩子似的，忍不住笑了：“行，待会儿先给陆大少爷你尝个味儿。”

“那我在此谢过云大小姐了。”

说笑间，两人往酒坊走去。

到了酒窖后，云想想将新酿的酒一一拿出给陆容非试味。

而陆容非每试一种，表情便欣喜一分，他觉得自己真是捡到宝了。怪不得说兴趣相投的人，更容易相处。

他不爱吃、不爱玩、也不爱吟诗作对，唯独对酒情有独钟，而云想想这是捏准了他的命门啊！

“怎么？干吗一直盯着我瞧？是我脸上沾到灰了吗？”陆容非盯着云想想瞧得久了，云想想便好奇问道。

“没有。”陆容非笑着，“就是觉得幸福。”

“为什么感到幸福？就因为你是第一个尝到这酒的啊？”

“不止。”陆容非换了个姿势，托着下巴，继续眼神撩人地盯着云想想，“幸福的是我认识了你。”

在没清楚自己心思前，陆容非就时常缠着云想想，现在明白了自己的心思，尤其还有个赵子然在一旁虎视眈眈，他就更加放飞自我了。

而云想想则被他这话惊住了，一时间不知道该怎么接话，只有心跳得厉害。

“你、你是不是喝醉了啊……”她小声道。

陆容非没理她，继续道：“想想，遇见我你觉得幸福吗？”

云想想咬了咬唇，脑子里一片混沌，口干舌燥得不知道说什么好。

“怎么？难道我对你来说，没有一点点特别之处吗？可是你对我来说很特别！独一无二！”陆容非着急了，也不摆造型了。

云想想看了看他，移开眼，又看了看他，然后微弱地点了点头。

“真的吗？我对你也是不一样的吗？”陆容非开心疯了，一拍桌子站了起来，差点掀翻桌上的酒，幸得云想想急忙扶住。

“多大的人了，你急什么呢。”云想想哭笑不得。

陆容非“嘿嘿”一笑，重新坐下，再度确认：“你说的是真的还是在安慰我啊？”

云想想懒得理他，也不好意思再说，只敷衍道：“你爱怎么想就怎么想。”

她这说话的方式让陆容非想起了一个讨厌的人，陆容非装出一副委屈样，道：“你连说话的方式都跟他一样，看来他对你比较重要。”

闻言，云想想问：“谁？”

“还有谁，赵不言。”陆容非无精打采。

“赵……”云想想一愣，而后才想起赵子然现在的名字是“赵不言”，于是接道，“这世上又不止他一人这样说话。”

“可是你都不直接回答我的问题。”陆容非还是委屈。

云想想心里又好气又好笑，同时也有些苦涩。

说了又能怎么样呢？到时候还不是要分开。

她背着那么大一个“包袱”，她不想将陆家，尤其是陆容非牵扯进那些是非中来。

她想他平平安安，自由自在的。

乐意的话，他就来自家酒坊研酿新酒方，不乐意的话，他就带着福来到处溜达，做个闲散富少爷。

云想想不说话了，陆容非开始胡思乱想，他小心询问：“你是不是嫌我没本事，整天游手好闲的？你放心，我不是不会，我只是懒得去做，只要你一句话，我现在立马就去！”

陆容非孩子似的话让云想想心底一阵感动，她摇头：“我没有那么想，我只是……不愿连累你。”

“不连累？你怎么就连累我了呢？”

“自然是我娘亲的事……”

终于提到这件事，陆容非心里没来由得紧张。

“你娘亲怎么了？如果你不想说的话就不要说了，没关系！”

“确实不太好说。”云想想照实讲，但陆容非却有些失落。

他忍不住想，她不说是觉得自己帮不了她？还是凭他们现在的关系，这些事不方便跟他讲？

看出陆容非失落的情绪，云想想也不好受，因为这件事一旦解释起来，必定牵扯出云家旧事。

“要是我俩在一起的话……我是打个比方。”云想想再度开口，而她这一“打比方”，陆容非立马恢复了心情。

“没事没事！你尽管打比方！”他道。

云想想不好意思，可还是把接下来的话说了出来：“假如我俩真在一起，家世什么，肯定要谈及，到时候我要是说不清我娘亲这事儿，你家肯定不会接受我……”

“说不清就说不清呗！嫁给我的是你，又不是你……”娘亲两个字还没出口，陆容非立即意识到这话不礼貌，当即住口道歉，“对不起，我并非有意……”

云想想摇摇头，把他没说完的话打断：“婚姻大事，岂是儿戏，如果没有父母的认可，那跟私奔又有何区别，自然不行。”

“怎么就不行了？大不了就私奔呗！”陆容非这话说完，他和云想想都呆住了。

四目相对间，云想想看清了陆容非眼中的执着，也感觉到了自己内心的动摇。

可很快，恐惧压过了那一点心动。

她移开眼，昧着良心说：“我自小由娘亲抚养长大，现在娘亲去世了，你还要我背着骂名跟你私奔吗？你有考虑过我的感受吗？”

“我……”陆容非张张嘴，而后垂下眼道，“我不是那个意思。”

“我不管你是什么意思，但只要你有这个想法，都是不尊重我，你不要让我觉得你也是那种自私任性的富家少爷。”云想想继续说着违心的话。

陆容非这下是一个字也说不出来了。

是他太过为自己考虑了，没有顾及云想想的心情。

“那你要我怎么做呢？”良久，陆容非开口。

想想娘亲的事情不能说，可不说的话他爹娘那一关也确实过不去，这一点他很清楚，所以才想不管不顾地跟她在一起。

但后一种方式想想又不愿意……不过别说她不愿意，就算她愿意他也舍不得让她受那种委屈。

毕竟跟男子私奔后的女子是如何被人唾骂的，他又不是没见过。

“就这样吧。”云想想忍着心里的疼痛道。

仔细听，她的声音还有些颤抖，但是陆容非也沉浸在悲伤中，所以并未发现。

气氛再次沉默下来，就在云想想以为陆容非要就此放弃的时候，陆容非开口了，而他回答的内容也让她大吃一惊。

他说：“云想想，说‘不’是你的答案，不是我的答案，我要是那种轻易就会放手，并且改变主意的人，我爹就不需要为了让我同意经营酒坊而软磨硬泡我那么多年。所以，云想想，我不会轻易放弃你的，大不了就是一个‘等’字，我等得起。”

话说完，陆容非就起身离开了，似是怕再听到云想想说出半句拒绝的话。

他虽料到追求不会那么容易，但却没想到一开始就会被她拒绝了。

他不懂，她要是对他没意思的话，又怎么会在被他无意亲了后，只是给他一巴掌那么简单；他不懂，她要是对他没意思的话，又怎么会任由他牵着手，走了那么一段路；他更不懂，她要是对他没意思的话，又怎么会愿意把碗里的馄饨分给他……

想着想着，陆容非觉得眼睛有些胀得难受，视线也有些模糊。

他告诉自己，他的感觉没错，想想不是完全对他没感觉的，只是她现在可能有什么为难的地方。

如果她不能踏出第一步，那么就由他来走这一步，或者，他就站在这里等她，等她说“可以了”“我准备好了”，他自然会坚定不移地朝她走去！

陆容非走后云想想也不好受，但拒绝的话是她说的，她又有什么脸面真要他等自己呢？

更何况，这事什么时候完结还是个未知数。

她此刻要面对的，可不像上次的“罂粟酒”案那么简单。此外，她也不愿看见陆容非为了自己跟家人反目成仇的画面。

深深吐出一口气，云想想觉得自己浑身上下一点力气也没有。明明说好了拿酒去换灯笼，结果却搞成现在这个样子。

算了，还是把昨天没完成的酒方补完吧，这应该是最后一个了。

这天，云想想又待到很晚才离开，并且是独自一人。

她一边闲逛一边往陆府走去。

路过白天跟陆容非吃馄饨的地方，看着三三两两吃馄饨的人，想起自己和陆容非同吃过一碗馄饨，莫名就笑了起来，等到她意识到自己在笑的时候，嘴角的笑容忽然又凝固了。

陆容非……

“你要干什么！”忽然，一个略微熟悉的声音传入云想想耳中。

她收回思绪，四处寻找，然后看见不远处的孙语柔被一名大汉拽着往巷子里走去。

来不及细究原因，云想想立即跟了上去。跟上去前，她还找了块破砖头防身。

“你要干什么？我不认识你。”巷子里没有旁人，孙语柔语气里的恐惧更加明显。

“我不干什么，就是想跟你聊聊。”大汉笑嘻嘻开口。

“聊、聊聊？为什么要把我拉到这种地方？”孙语柔边说边往后退，她已经吓得有些结巴了。

“你不是说要找我买酒方吗？酒方就被我藏在这里。”

“那、那你赶紧拿出来给我，我把钱带来了！”话说完，孙语柔怕大汉不相信似的，赶紧拿出一个荷包并将其打开，露出里面的碎银。

“碎银啊……”大汉摸着下巴，眼神轻浮，“我现在想要的不止碎银呢。”

“那、那你还要什么？我回去拿便是。”

“我要你。”

“啊！”孙语柔被大汉的话吓了一跳，“你、你、你竟敢说出这种话！你、你大胆！”

“有何不敢？”大汉哈哈大笑。

听到这里，云想想再也憋不下去了，大喊道：“喂！你这个人做生意怎么这么没品？嘴巴也跟吃了粪一样臭，你晓得她是谁吗？”

大汉回头一看，见又是一小姑娘，毫不在意地大笑：“老子不知道，也不在乎，老子只知道今晚有福了！”

“不是有福，是有病！”云想想低声骂道，然后握紧藏在身后的板砖，假装无防备地朝大汉走去。

听到云想想的声音，孙语柔的情绪从一开始的诧异转变为恐惧，她大喊：“想想，不要管我，你先回去叫人来！”

“没事的！”云想想对孙语柔安慰道。

“哈哈，对，没事！我一定会好好疼爱你们的！”大汉还在乐，只是他笑到一半，忽然眼前一黑，壮硕的身躯“咚”一下往后倒去，直直撞在了墙上。

“疼你个大头鬼！”手里的板砖碎成两块，看着倒地的人，云想想愤愤道。

她走到呆住的孙语柔面前，拉着她问：“语柔小姐，你没事吧？”

孙语柔张着嘴半天没回过神，过了会儿才喃喃道：“没、没事，你刚刚也太……”

“彪悍”两个字孙语柔没说了，因为这样形容一个姑娘不太好，尤其还是救了自己的姑娘。

云想想听出她的玄外之意，挥挥手，不甚在意：“没关系啦！我从小就没爹，我要是不凶一点，那还不得天天被人欺负啊。”

云想想无意透露的家事让孙语柔眼神一震，但很快，她又恢复到那副担心受怕的模样。

“我不是让你不要管我吗？万一我俩都被抓了怎么办？”

“没事没事，我这不是有备而来嘛……”

“有备而来？”让云想想和孙语柔恐惧的声音再次响起。

孙语柔看着云想想背后的方向，瞪大了眼，张着嘴，手指颤抖。

云想想也咽了咽口水，然后一边把孙语柔往自己身后藏，一边慢慢回过身。

“臭娘们儿，下手可真狠！不过你那点儿力气可不够。待会儿你就是第一个！”

“别说大话了！光天化日，你要是敢做这档子事，就不怕我们报官把你抓起来吗？”云想想故作冷静。

“光天化日？”大汉看了眼漆黑的夜空，意思不言而喻，“事成之后，你俩要是有脸去报官，我是举双手赞成。你们以为我入狱了，你俩还能好好活着吗？”

大汉的话，让云想想手心冒汗。

确实，这种事怎么说也是女子吃亏，哪怕她们明明是受害者。

“怎么？还报不报官了？”大汉步步逼近，语气轻松。

然而云想想和孙语柔却毫无办法。

“怎么办？”孙语柔拽着云想想的衣裳，声音止不住地颤抖。

云想想咬着唇没说话，因为她也不知该如何逃出去。

真是的！刚才就应该立马拉着孙语柔逃走，而不是站在这里闲聊！

“啊——”就在云想想和孙语柔无助之际，大汉又大喊一声，而后，面向她俩“咚”的一声跪倒在地。

那一声响，听得云想想都觉得自己膝盖隐隐作痛。

下意识看了看自己的手，云想想确认不是自己潜力爆发无师自通了什么技能，又看了看孙语柔，孙语柔也一脸茫然地摇摇头，表示这跟她无关。

而在两人好奇心达到顶点的时候，真正出手之人终于出声了。

“像你这种家伙，应该除了下三滥的事什么也不会了吧，送你去官府都嫌麻烦，不如就地处决好了。”

发声的男子语气冷冽至极，当他的身影在小巷中唯一一处光亮处慢慢显现。

云想想睁大了眼，看清来人惊喜道：“赵哥哥！”

闻言，赵子然原本冷得几乎结冰的脸，瞬间变得春回大地，他柔声回应：“想想，不要怕，有我在。”

云家出事他无能为力，想想养母出事他没来得及，那之后他便决定，此后再也不会让想想遭遇任何危险。

而对于云想想来说，赵子然这一句“不要怕”，让她近日来勉强压下的情绪，蓦然崩溃。

但鉴于孙语柔在一旁，她忍住没哭出声，只是哽咽地点点头。

赵子然看出了云想想的隐忍，他也没了折磨大汉的兴致，只一脚将他踹到墙边，避免让他挡自己的路、碍自己的眼，然后伸手就拉过云想想带她离开。

云想想一手任由赵子然牵着，一手还不忘拉着早已看呆的孙语柔。

等三人刚走到宽敞明亮的地方时，陆府的丫鬟、小厮正四处叫着“语柔小姐”。

孙语柔忙上前几步，冲前来找她的众人招手示意，率先跑向她的是欣儿。

“语柔小姐！您没事吧？”欣儿担忧地打量了孙语柔一番。

“我没事。”孙语柔轻声细语地回答，“你们怎么找来了？”

这次回答的是跟欣儿一起来的燕儿：“语柔小姐，您不是说一炷香的时间后要去找大小姐吗？结果大小姐等了许久都不见您出现，您又是个守时的，人也不在府上，所以大小姐担心你出事，就叫我们出来找您了，您要是再不出现呀，我们就要去击那县衙门口的登闻鼓了。”

“真是麻烦大家了。”孙语柔羞红了脸道歉，“我没出什么事，就是遇到了一些小意外。”

众奴仆出现得实在巧，云想想没发觉，可不代表赵子然不清楚，毕竟这种事他见得不少。

他正准备看这个女人接下来如何巧舌如簧，没想到云想想凑上去给人搭戏台子去了。

“哪儿是什么小意外啊！”云想想满脸焦急。

赵子然刚想拉住她，让她别去掺和，就听她继续道：“刚才有一个无耻之徒，不仅对语柔小姐言语轻佻，还意图不轨，幸亏碰到了我！”

四周没生人，但陆府的下人却不少，尤其是小厮、护卫居多，他们明面不会说什么，但私底下免不了交头接耳，所以孙语柔才不准备提及刚才的事。

可眼下这件事就这么被云想想大大方方地说出来了，她整个人都呆住了。

偏偏燕儿也是个不看事的。

“啊？竟有如此可恶之人？那语柔小姐您没事吧？”

“我……”孙语柔正准备接话，云想想又插过她的话，热心解答道：“没事，没事！”

将心比心，云想想觉得孙语柔现在应该吓坏了，所以这种事就由她来解释吧。

“那个无耻之徒呢？”燕儿这次直接问云想想了。

“幸亏我们遇到了赵哥哥，赵哥哥教训了对方，将我和语柔小姐都救了出来。”

“报官了吗？”

“还没呢。”

“碰到这种人怎么能不报官呢？应该丢进牢房，毒打一顿！”

“不用了！”忍耐许久，孙语柔终于大声打断对话。

向来说话轻声细语的她，这一声把大家都吓愣住了，纷纷噤声。

在欣儿的搀扶下，孙语柔揉着眉心道：“我没有什么大碍，就是头有点疼，可能是刚才吓到了，我们先回去吧。”

听到孙语柔说不舒服，燕儿再也没了继续讨论的心思，立马唤上大家赶回陆府，留下云想想和赵子然留在原地，无人问津。

“哼。”等众人离去，赵子然轻哼出声。

“赵哥哥你怎么了？你也不舒服吗？”云想想关切道。

看着云想想呆愣的模样，赵子然为她不值。

这个傻丫头，被人算计了都不知道。

自己冒着危险救了人，最后还落得个无人询问关心的下场，真不知道她脑子里装的都是些什么。

想到什么说什么，赵子然戳了戳云想想的脑门，语气严肃道：“你说说你这脑子里都装的是些什么？拿着一块板砖就敢上？也不看看自己跟人家差了几个级别！”

云想想自知理亏，讨好道：“那是因为我知道你一定会来救我。”

“那万一我没有出现呢？”赵子然问。

“你不是派了人暗中保护我吗？”云想想凑到他耳边小声说。

赵子然闻言又敲了敲她的头，同样压低声音：“我派来保护你的人，是用在这种事情上的吗？”

云想想认真想了想，摇摇头：“对不起，我知道错了，下次我不会再这么鲁莽了，我不是怕她出什么事嘛……”

“她一陆家小姐能出什么事？走到哪儿不是都有人跟着？你瞎操什么心。”赵子然这话就差没直接说出孙语柔的计谋了，可没曾想云想想还是一副懵懵懂懂的样子。

“对啊。”她点点头，“怎么今天她身边的丫鬟都不在呢？是不是忙去了？还是她有什么事要自己私下来办？”

“你也太为别人考虑了吧？”赵子然无奈地说。

这云想想看着挺聪明的，平常也很机灵，更不是那种不懂人情世故的人，怎么一到这种碰到别人真正使心眼儿的时候，她就犯糊涂了呢？经历了那么多事，这傻丫头怎么还是这么单纯？

“罢了，罢了。”赵子然笑着摇摇头开口。

“什么罢了？”云想想问。

赵子然看着她道：“我以后还是多看着点儿你吧。”

“看着我？看着我做什么？”

“看着你别被人家卖了还给人数钱……哎，不过话说回来，你确实该吃几回亏，不然以后不记事儿。”

“什么嘛……”云想想不满，“这世上哪有这么多坏人。”

这世上的坏人是不多，但人一旦坏起来，却是你所想象不到的。

赵子然在心里如此想，嘴上却附和着云想想：“是是是，世上坏人不多。”

就算有坏人，那也由我来挡。

第八章

挑拨离间终舍情

回到陆府，孙语柔在欣儿的安慰中回到自己院落，而她刚坐下没多久，陆风瑶就赶来了。

“小柔！你没事吧？那个混蛋抓住了没有？”握着孙语柔的手，陆风瑶上下打量了她一番，关切道。

“没事，幸好大家来得及时。”孙语柔面上弱不禁风，心底却对云想想的多嘴恨得牙痒痒。

这下整个陆府都知道她险些遭一混蛋轻薄的事了！

“哎，你说你，出门怎么不带个丫鬟或者护卫呢？下次可千万别这样了！家里人会担心的！哦，对了，现在爹娘还不知道，我让底下的人别多嘴，但这事肯定也瞒不了多久。”

“我知道，我会亲自去和姑父、姑母解释的。这次真是对不住大家了。”说着，孙语柔的眼泪就要往下滴。

“傻丫头。”陆风瑶摸摸她的头，“别哭了，没事了。对了，你这次一个人出去，是为何事？”

“我……我……”孙语柔不好意思说。

“我什么我？你跟我还有什么话不能直说的吗？”陆风瑶凑到孙语

柔耳边，“哪怕你是去跟情郎幽会，我也会帮你保密的。”

“瑶姐姐！”孙语柔面色通红，“你瞎说什么呢！你明知道我……我心里只有容非哥哥。”

“是是是，我当然知道，我跟你开玩笑呢。”陆风瑶哈哈大笑，但心里却有些发愁。

我知你一心只喜欢哥哥，可哥哥却心系他人啊。

屋里只有陆风瑶、孙语柔和燕儿。燕儿从小跟在陆风瑶身边，陆风瑶自是信得过她，于是说起话来也不怎么避讳。

“小柔，你真的没考虑过其他家的公子吗？弄泉县或者其他地方的都行，你就没一个看得上的吗？”陆风瑶试探性地问。

孙语柔垂着头没回答。陆风瑶咬咬唇，还是打算把接下来的话说完，毕竟，她可不想见到哥哥和小柔争执不下的画面。

作为陆容非的妹妹，陆风瑶明白得很。

她那个哥哥，平常看着似是对什么事都无所谓，可一旦认定，或者决意要坚持某件事，那是八头牛也拉不回来的，鱼死网破都是最轻的后果。可小柔不同，小柔温柔又善解人意，如果好好跟她说说，她说不定真能让步。

“小柔啊，我说这些也是为了你考虑。都这么些年了，你应该也有所感觉，要是哥哥真对你有其他想法，就……就不会跟那什么云想想搅和在一起了。”

“虽说我一直把你当嫂子看，但要是我们能成为亲姐妹也挺好的，所以你要是看上别家的公子了，你尽管跟我说，我一定会仔仔细细、严严谨谨地替你把好关。对了，话说回来，我确实听说有几家公子不错呢，你要不要……”

啪嗒——眼泪落在木桌上的清脆声，打断了陆风瑶未说完的话，陆风瑶愣住了。

“瑶姐姐，你不是问我为什么独自出门吗？”孙语柔仍垂着头，但声音里的哭意十分明显。

陆风瑶没作声，等她接着往下说。

“因为中秋后不久就是容非哥哥的生辰。我没有云姐姐那么有天赋，不会酿酒，讨不了容非哥哥开心，便只能去收古酒残方，想以此给容非哥哥当贺礼。我不担心别人是不是对我有恶意，也不在意其他人是怎么看我的，我只想让容非哥哥开心。”

陆风瑶闻言眼神震动，孙语柔此时抬头望向她，梨花带雨的模样，让人不免心疼。

“瑶姐姐，从小到大我就只喜欢过一个人，那就是容非哥哥，如果容非哥哥只把我当妹妹，想要娶云姐姐，那他娶便是了。至于我，你就不用操心了，我目前真的没办法接受其他人。”

“还有，瑶姐姐，我理解你对容非哥哥的感情，毕竟你们才是亲兄妹，所以你为他说话也无可厚非，如果你真的对我有那么一点点真心实意的话，就不要强迫我了，让我一个人静一静，我会努力让自己理解容非哥哥，反正，”孙语柔露出一个苦笑，“每次我都是这么做的。”

孙语柔的性子一向内敛，无论大家说什么她都点头说好，陆风瑶也因此觉得她善解人意，可直到现在陆风瑶才明白：不是小柔有多么善解人意，而是她就算受了委屈也不会说，因为她心底始终有着芥蒂，觉得自己不是陆家亲生的，所以不能要求太多。

“小柔，我不是那个意思……”陆风瑶感到愧疚，急忙想解释。

“瑶姐姐。”孙语柔别过头，不愿陆风瑶看见自己难堪的模样，但陆风瑶还是在她转头间，看见了她脸上仿佛断了线的珠子似的眼泪。

“小柔……”陆风瑶又叫了一声，她咬着唇，满心懊恼。不住责备自己怎么能跟小柔说那些话呢。

“瑶姐姐，拜托你了，让我一个人静一静吧。”

孙语柔的声音无助又可怜，像只遭人抛弃的小狗，陆风瑶心里就算愧疚，也只得成全她，起身离开。

离去时，陆风瑶让孙语柔院子里的丫鬟好好照料她，丫鬟行礼称是。然而等她和燕儿的身影刚消失在“梧桐苑”门外，孙语柔眼里的泪水便像关闭了开关似的止住了。

孙语柔恨着，她怨自己明明是拿一颗真心对待陆家人，为什么陆家人从不为自己考虑？

陆夫人喜欢大家闺秀的样子，她便努力学习琴棋书画还有女红、厨艺等；陆风瑶喜欢好看漂亮的小玩意儿，她便费心钻研新花样，绣了手绢或鞋面就给她送去；陆老爷喜欢茶，她也经常向老师傅讨教，为的就是得他一句赞赏；还有陆容非，他说什么，她便听什么，不论自己愿意

与否，都以他的喜恶为第一意愿……

这一切的一切，孙语柔每每想起来，都觉得自己像是哄主人高兴的哈巴狗，同时，她也觉得自己跟这些丫鬟没什么两样。所以她只有在责罚这些丫鬟时，才觉得自己真是陆府的“小姐”。

她记得陆容非不喜欢吃苦瓜，所以她做菜时便不会选苦瓜，除非像上次那样是陆夫人要求的；她记得陆容非不喜欢胭脂水粉的香气，所以她也尽量不擦，只点一些清淡的香薰；她记得陆容非不喜欢胸无点墨的女子，所以她收集了许许多多的诗集古籍，摆满了整整一书柜……

她记得，她记得，她记得的一切都是有关陆容非的，她努力把自己打造成陆容非喜欢的样子。

而今，那么多年过去，她甚至忘了自己原本喜欢的是什么，自己原本长什么样。

要是陆容非说他不喜欢她现在的模样，她也愿意为他去改变。

可是陆容非没说。

陆容非从没说过他不喜欢她哪点，但陆容非却喜欢上了跟他曾描述过的，他喜欢的女子类型完全不同的云想想。

“骗子……”孙语柔低声道。

她双眼通红，不知是气得还是委屈得。

可就算如此，她也还是放不下他。

半晌后，孙语柔唤了欣儿进屋帮忙卸妆梳洗，便上床休息了。

其实，欣儿觉得像孙语柔这样的女子还挺可怜的，所以她不愿成为依附男子或者为爱情而活的女子，那个人答应她，只要办完这件事，便给她足够潇洒下半生的财富，让她脱离奴籍。

她上次仅仅帮忙在孙语柔房间放一个字条，便得到了一锭银子，这笔生意实在划算。

另一边，陆风瑶离开“梧桐苑”后，一路都惴惴不安。她绞着手帕问身旁的丫鬟：“燕儿，你是不是也觉得我刚才的话过分了啊？”

手帕上的梅花被陆风瑶绞得变了形，当时小柔送给她时她没想起，直到现在才反应过来小柔为何会绣梅花给她。

因为她曾无意提起想看梅花，可现在这个季节哪儿有梅花看呢？

“我随口说的一句话小柔都记在心上，但现在我却帮着哥哥要她放弃，我是不是太没良心了？”

燕儿眉头紧皱，仔细想了想道：“小姐，大的道理燕儿不会说。但就从我的角度来看，错的不是小姐。”

陆风瑶侧头去看燕儿，以眼神示意她继续说。

“这事儿归根到底是少爷该去解决的，小姐您只是不想少爷当面给语柔小姐难堪罢了，毕竟您也知道少爷会说出什么样的话来。”

陆风瑶点点头，叹了一口气：“你说哥哥也真是的，就算他不喜欢小柔，喜欢云想想或者别的什么人，那也可以慢慢来嘛，至少先安抚好小柔这边，别先招惹别人呀。”

“可是……可是少爷也没想到自己会喜欢云小姐吧？”燕儿疑惑道，“就像小姐也没想到自己会喜欢赵公子呀。”

“臭丫头！好好的怎么扯到我身上来了！”听到燕儿提及赵子然，陆风瑶脸上的担忧和纠结，瞬间变成羞涩。

上次燕儿出主意说让她去百花楼跟那巧莲姑娘“取经”，结果两人刚到门口就被人认出是姑娘家，要不是跑得快，估计第二日这弄泉县就得传出“陆家大小姐去百花楼”的消息了。

因此，她现在还是对赵公子的事没头绪。

燕儿偷笑，趁机安慰道：“好啦小姐，少爷和语柔小姐的事您就别再想了，让他们自己去解决吧，再不成还有老爷、夫人在呢，您着什么急啊。”

陆风瑶闻言，觉得燕儿说得在理，不是她不想解决，而是她也解决不了，便点头不再提此事。

从弄泉县到京城路程不算近，为了及时赶到皇宫，赵子然今日不得不动身。

由于陆老爷因生意的事昨日出了远门，所以他只跟陆夫人告了别。

而赵子然在离去之时，恰好被前来找陆夫人“请罪”的孙语柔看见。想了想，她掉头先去了趟陆风瑶的院子。

见孙语柔找来，陆风瑶自是开心。她不敢再提昨夜的事，只说了些嘘寒问暖的话。

“瑶姐姐，你不必如此。”孙语柔道。

陆风瑶止住了话，表情有些尴尬：“小柔，其实我昨晚……”

“昨晚的事不必再提了，我知道你的意思。”孙语柔的声音还是那么温柔，“你是担心容非哥哥当面拒绝我的话，会让我更难堪。”

“对对对！”陆风瑶慌忙点头，“小柔你真是太了解我了！”

可不是了解你吗？孙语柔心里道，我不止了解你，也了解陆府所有姓“陆”的人。

“其实我昨天没有生气，就是一时间有些难以接受。”孙语柔继续道，“瑶姐姐，你喜欢赵公子吧？”

“怎么忽然说起这个？”少女的心思被提起，陆风瑶有些羞涩。

孙语柔笑：“你看向赵公子时的眼神那么明显，只要不是瞎子都看得出来。”

“有、有吗？”

“当然有，不信你问燕儿。”

陆风瑶和孙语柔都朝燕儿看去，燕儿憋笑点点头。

“所以啊，瑶姐姐，要是我现在突然让你放弃赵公子，你又会怎么想呢？”

“可是赵公子没有喜欢的人呀……”

“这可不一定。”

陆风瑶眉头一皱：“什么意思？”

“我昨天不是遇到了骗子吗？当时一开始来救我的是云姐姐，但她毕竟是个女子，所以不但没救下我还惹怒了对方，让我们的情况变得更加危险。”

“那后来……”

“后来救下我们的正是赵公子，我听云姐姐叫他赵哥哥，而赵公子看向云姐姐的眼神……”

“眼神怎么样？”陆风瑶紧张地问。

孙语柔看了陆风瑶一眼，又移开了眼，像是不忍心看见她伤心难过的表情，才道：“跟你看他时一样。”

陆风瑶愣住了，燕儿也有些不知所措。

“不过或许是我看错了！”孙语柔又改口道，“好了，我今早来是想跟你说一声我没生气，昨晚的事我还没跟姑母解释，我先过去了。”

陆风瑶一时怔住了，燕儿识趣上前：“语柔小姐我送您。”

“不必了。”孙语柔担忧地看了眼陆风瑶，“瑶姐姐现在应该不太好受，你陪着她吧。唉，都怪我多嘴，我就是怕瑶姐姐错付了真心，毕竟像瑶姐姐这么聪慧的女子，应该值得更好的男子。”

“奴婢知道，谢谢语柔小姐。”燕儿满脸感激。

出了院子，孙语柔和欣儿又去了陆夫人那边。

她先是跟陆夫人解释了昨晚的事，然后才乖乖道歉、认错，说以后一定不会了。

陆夫人闻言又是心疼又是欣慰，摸着孙语柔的手直夸她懂事：“瑶儿说得对，你以后万万不可再行此鲁莽之事。”

“小柔明白。”孙语柔乖巧点头，“不过姑母，小柔还有一事，不知当讲不当讲。”

“你同我有什么当讲不当讲的。”陆夫人笑容和蔼。

孙语柔没有立马接话，陆夫人会意，先把屋里的丫鬟都支了出去。

“好了，现在没人了，你有什么就直说吧。”

“姑母，瑶姐姐似乎对那赵公子有意思……当然，我也不是说瑶姐姐不好，或者赵公子不好，要知道瑶姐姐可是一等一的聪慧女子，她选谁都是别人的福气，只看那人配不配得上瑶姐姐罢了，只是……”

陆夫人听了前半段话心里舒畅得很，也为女儿有了心仪之人感到开心，她以前老担心瑶儿一心扑在生意上，找不到好的夫婿。可孙语柔后面一个“只是”让她微微皱了眉。

“只是什么？”她问。

孙语柔表情不安，思量再三才道：“只是我昨晚见赵公子似乎跟云姐姐关系匪浅。”

“云想想？”陆夫人眉头皱得更深了。

她早先就听过陆容非跟云想想的流言蜚语，不过要是自家儿子喜欢的话，娶了那云想想当个小的也不是不可以，可云想想怎么又跟瑶儿的救命恩人搅到一块儿去了？

“姑母你是知道我对容非哥哥的心思，要是容非哥哥真喜欢云姐姐，我也是不介意的，就是……就是云姐姐她娘亲去世，她连她娘亲的尸骨都未入殓，就……”

“她娘亲去世了？”陆夫人语气诧异。

“我也是从旁人那里听来的，我先前跟瑶姐姐说过，她没告诉你

吗？”孙语柔更惊讶。

稍微思索一番，陆夫人便明白了过来，摇头道：“这个小瑶，不知道脑子里在想些什么，她跟自家哥哥感情再好，也不能在这种事上犯糊涂呀！”

“姑母，您就别怪瑶姐姐了，容非哥哥是她亲哥哥，她不帮着亲哥哥帮谁呢？”孙语柔又“善解人意”了一把，听得陆夫人心里熨贴。

“你容非哥哥自小野惯了，做事全凭心情，可娶亲这等大事关系整个陆家脸面，又怎能由得他胡来？我们陆家在弄泉县可是有头有脸的，万一遭人诟病怎么办？你瑶姐姐这不是在帮他，而是让你姑父跟我没脸见人。”

孙语柔没说话了，陆夫人叹了一口气，摸摸她的手：“小柔，你是个好姑娘。至于有些人，那是留不得了。”

陆夫人最后一句“留不得”可算让孙语柔心安了，她不管陆夫人说的这人是“赵不言”还是云想想，总归，她的目的达到了。

与此同时，赵子然到达门口后，发现等着他的不止是马车，还有云想想。

“你怎么在这里？”赵子然表情惊喜。

“我不在这里，你是不是就准备不辞而别啦？”云想想笑着反问。

赵子然没回答，不好意思地摸了摸鼻子，也笑了，半认真半玩笑地说：“我之所以不跟你告别，是因为我怕见了你便舍不得走了。”

云想想不以为意，配合地点点头：“是是是，但我不给你送别，我心里过意不去啊。喏，这个送你。”

云想想递给赵子然两个酒壶。

赵子然接过后道：“西出阳关无故人，劝君更尽一杯酒。”

云想想笑：“这可不是饯别酒。”

“哦？那是什么酒？”

“这是我新研酿的‘果子酿’，特地为中秋节准备的。”

“果子酿？”赵子然眼神有些恍惚。

云想想得意一笑：“怎么？是不是觉得这个名字很不错？”

“是很不错。”赵子然眼神怀念，一只手将酒牢牢提好，一只手揉了揉云想想的头，“我走了，等忙完再来找你，你要照顾好自己。”

“我知道，你说好几遍啦，怎么跟老头子一样啰唆。”云想想摆出一副不耐烦的表情，但脸上却是带着笑的。

“我才说了两遍吧？”赵子然佯装委屈，“怎么办，想想现在就开始嫌弃我了，要是我老了你不得更嫌弃我？”

“我嫌弃你怕什么呀？只要你将来的媳妇儿不嫌弃你就好啦！”云想想笑眯眯地说。

赵子然闻言忽地沉默了，眼神专注地盯着云想想。

“怎么啦？”云想想有所察觉，问。

“想想，我……”

“赵兄这是要走了吗？”陆容非的声音突然响起，打断赵子然接下来的话。

看到陆容非，云想想有些不自然，但奈何陆府下人都在，她只好硬着头皮叫了声“陆少爷”。

她本以为陆容非也会因昨天的事有所收敛，但她还是小看了陆大少爷的决心和厚脸皮。

“什么陆少爷？想想你跟我这么见外做什么？”陆容非不满，伸手揽住云想想的肩。只是他手才放上去，就被赵子然拍开了。

赵子然将云想想拉到自己身边，对陆容非道：“陆少爷，我们家想想还没出阁，您这样对她名声可不好。”

“那简单啊！我娶她就是了。”

陆容非此话一出，旁边的小厮瞬间朝云想想投去“炙热”的视线，像是第一次认识她，等看过后才又若无其事地将视线收回。

云想想呼吸一紧，脸红得恨不得找个地缝钻进去。但不知为何，她竟不讨厌。

“陆少爷！”赵子然语气严厉，“这话可不能乱说。”

“我没有乱说。”陆容非毫不畏惧地与赵子然对视。

两人视线交汇处，似是掀起了一场没有硝烟的战争，站在陆容非身后的福来都忍不住后退了几步。

意识到气氛不对，云想想忍住羞涩，把陆容非挤到一边，对赵子然道：“赵哥哥，你赶紧上路吧，免得耽误了时间。”

赵子然深吸一口气，点头，闭眼再睁眼后，抱了抱云想想，说：“那我走了。”

云想想轻轻“嗯”了声。

“这边的事你要赶紧做好决定。”

“我知道。”

看见赵子然抱云想想，陆容非简直要气炸了，他下意识就要冲上去，但被福来拦住了。

“干什么？”陆容非气呼呼道。

“哎哟，我的少爷！”福来小声劝解，“这种时候就该体现您身为男人的气量，您就别上去添乱了。”

“你敢说我添乱！”陆容非一个脑瓜崩儿落在福来头上。

福来揉着头不说话了，陆容非也慢慢冷静了下来。

福来说得没错，留下来的人跟走的人还是有区别的，其区别不止在于“美好的回忆”，更在于留下的人还有大把的时间！

赵不言，你人都走了，看你还怎么在想想面前转悠，阻碍我对想想的追求！

陆容非能想到的，赵子然也想到了，临上马车前，他对云想想交代：“陆容非对你……你应该知道，你千万不可心软。”

云想想垂眼点头。

至此，马车终于离去。

陆容非长松了一口气，整个人都精神了起来。

他走到云想想身边，酸溜溜地道：“要不要这么依依不舍啊？”

云想想没理他。

陆容非眼睛一眯："你要是不理我，我现在就抱你信不信？"

云想想心头一跳，反应极快地往旁退了几步。

等看清陆容非笑眯眯的样子，才发觉自己又被整了，恼羞成怒道："陆容非，你不要太得寸进尺！"

"我哪里得寸进尺了？"陆容非一脸无辜，"难道你愿意给我一个追求你的机会了？"

云想想自觉说错话，张张嘴半天没想到反击的词，只好说了句："流氓"。

"你这词都说几十遍了，下次可以换个词骂。"

"换什么？"云想想下意识接道。

话说完，她见陆容非眼中闪过一丝光芒，当即想说"你不用回答了"，可这话还没出口，陆容非就看着她笑着回答："你觉得换成'夫君'怎么样？"

云想想双颊绯红，扬起手就要教训陆容非。

而陆容非不但不躲，还特意把脸递了过去，说："打这儿，这儿好打，要是打其他地方把你手伤着了，我还得心疼呢。"

这下，云想想打也不是，不打也不是，反正她是对厚脸皮的陆容非没辙了。

"陆容非！你怎么这么不要脸啊！"云想想最后气道。

陆容非神色认真地回答："我只对你一个人不要脸，想来这也是一种专一。"

云想想没话说了，心里莫名觉得有一丝丝甜蜜。

察觉到自己的心情，她不敢再听陆容非继续贫嘴下去，转身往府内走去。陆容非则毫不在意地继续跟在她身后，福来都快没脸看了。

这还是他那放荡不羁的陆大少爷吗？

陆容非这边倒是开心，但躲在门口看到云想想和赵子然互动的陆风瑶却备受打击。

她知道“赵不言”不喜欢自己，但却没想到“赵不言”喜欢的人也是云想想！刚才小柔跟她说“赵不言”和云想想关系匪浅她还不相信，现在算是死心了。

“小姐……”燕儿担忧地看着陆风瑶。

陆风瑶收回视线，一边说“我没事”，一边往府内走去。燕儿看着自家小姐面上镇定，人却恍惚到险些摔倒的模样，心疼不已。

她扶住差点摔倒的陆风瑶，愤愤道：“小姐，那赵公子眼光如此差，咱们不要他也罢！这世上才貌双全的公子多得是，家世雄厚的也不少，那些公子配小姐都是高攀，这赵公子又算什么？他无非就是对小姐有过救命之恩罢了，小姐看上他是他的荣幸！就凭小姐您的才貌，谁家不是抢着要啊！”

陆风瑶没回答，燕儿看得更加难受，连着云想想也一道责怪起来：“还有那个云想想！勾引少爷不说，竟然跟赵公子也勾勾搭搭、纠缠不清，真不是个好东……”

“闭嘴！”陆容非的声音突然响起。

燕儿一个激灵，回头看见满面怒容的少爷和他身侧的云想想，扑通一声跪倒在地，低着头不说话。

“你知道你在说些什么吗？一个丫鬟竟然议论主子？”陆容非也是捉摸不准云想想的心思，怕她会对打骂下人这种行为反感，不然一早动手了。

说罢，他又立马去跟云想想解释：“想想你别气啊，下人的话不值得放心上，不过你要是不开心，我立马找人好好教训她一顿。”

云想想从未想过别人是这么想自己的，一时愣住了。

一旁看着陆容非和云想想的陆风瑶则怒火爆发，理智全然崩盘。

她先是一把拉起燕儿，随后对陆容非吼道：“这是我的丫鬟，做错什么事也该我来教训，不劳你陆大少爷动手。还有，她是陆府的人，不是随便什么人都能让她叫主子。再者，我觉得燕儿说得并没错，有些人确实是吃着碗里的还瞧着锅里的，要反省也该是她自己好好反省！”

“啪！”跟陆风瑶最后一个音同时落下的是陆容非的巴掌声。这一巴掌后，现场四人都愣住了。

陆容非瞪大了眼，难以置信地看着陆风瑶，不敢相信自家妹妹竟会说出这种话。而被扇了一巴掌的陆风瑶半天没反应。

“小姐！”最先回过神的是燕儿，她哭着瞧了瞧陆风瑶微微红肿的脸，又朝陆容非跪下磕头求饶道，“少爷，小姐她是无心的，都怪燕儿，是燕儿不好，燕儿不该多嘴，是燕儿教坏了小姐！求少爷别生小姐的气，您俩可都是老爷、夫人的孩子啊！”

陆容非没说话，陆风瑶也没反应，燕儿“咚咚”的磕头声极为响亮，此时，现场最尴尬的非云想想莫属了。

她没遇到过这种情况，完全不知道该怎么应对，思及在场她最熟的是陆容非，她只好扯了扯陆容非的袖子，小声劝道：“陆容非，我没事，你们别吵架。”

“什么没事！”陆容非火气不小，尤其是在陆风瑶说了那番话后。

陆风瑶是她妹妹，他们两人又是从小一起长大，小瑶是不是无心的他会不清楚？

他一早就觉得小瑶看“赵不言”的眼神不对，现在小瑶会说出这种话，明显是看到了些什么或者听人说了些什么。

而且他喜欢云想想小瑶是知道，但尽管如此小瑶还是当着他的面说了那种话，这又怎么能叫他不生气？

“少爷！”燕儿泪流不止，额头已经磕到红肿，但还在重复“小姐真的不是有心的”。

气氛僵持之际，陆夫人和孙语柔以及三三两两的丫鬟出现了。

“这是在干什么呢？”陆夫人威严十足的话响起。

“夫人！”燕儿好似看到救星，跪着行至陆夫人面前，“您让少爷别跟小姐吵了。”

“混账丫头，谁在吵了！”看到娘亲，陆容非更加头疼，偏生这个丫头还要说些让娘亲更加误会的话。

“你现在可不是在吵吗？”陆夫人云淡风轻道。

陆容非忍住脾气，恭敬地跟母亲行了礼，云想想也打了招呼，但陆夫人没有理会她。

陆容非见状心里暗叫不好，走到母亲面前，想要先劝走她，其余话私下再说，但不料陆夫人并未理睬。

“非儿，你可是哥哥，就算妹妹再如何说错做错，你也不该当着外人的面教训她，你让她一个小姐的脸面往哪儿搁？”说话间，陆夫人推开陆容非走到陆风瑶身边。

而等她看到陆风瑶微微红肿的脸后，险些气得一口气没提上来，吓得在她旁边的孙语柔连忙给她顺气。

“你你你！”陆夫人指着陆容非，“你竟然还打了她！”

“娘，是小瑶做得太过分了。”陆容非想解释，但被陆夫人打断。

“过什么过？你妹妹什么性格我还不知道吗？她能做什么过分的事情？是杀人还是放火了？”陆夫人的语气一声比一声严厉。

“小瑶……”

“行了！你什么都别说了，我看呀，自从某些人来了后，咱们家就不得安宁！”

“娘！你在瞎说什么呢？”

“怎么？你教训妹妹不够，还想着教训你娘我吗？”陆夫人也被气得不轻。

“姑母，您消消气，当心气坏了身子。”孙语柔在旁低声劝慰。

陆夫人长舒一口气，而后拍了拍孙语柔的手，委屈道：“小柔啊，还是你对姑母好，要是姑母有你这么个媳妇就好了。”

“娘！你胡说什么呢！什么媳妇不媳妇的！”陆容非急得跳脚。

在一片争执声中，云想想就像被人点了哑穴般，什么也说不出口，她有种如芒在背的感觉。

陆容非的维护声、陆风瑶的指责声、陆夫人的讽刺声，还有孙语柔的劝慰声，全部交织在一起，让她头痛欲裂。

她不明白事情怎么突然就变成这个样子了？怎么赵哥哥前脚刚走她就大祸临头？难道这是老天在提醒她不该贪恋陆容非的柔情吗？可她现在又该怎么办呢？她是该道歉还是直接离开？直接离开不礼貌，可是如果真要道歉的话她又做错什么了呢？

错在她……不该对陆容非动心吗？

陆容非是真心想娶云想想回家的，所以他不愿母亲对云想想有不好的印象。面对此时明显怒气未消的母亲，陆容非衡量再三，决定先安抚好自家母亲，再跟云想想解释。

“想想，你先走吧，我解决完这边再去找你。”陆容非对云想想道。云想想没回答，跟陆夫人等人礼貌道别后离开。

“哼，还算有点眼力劲。”陆夫人轻哼一声道。

陆容非叹了一口气，沉着脸走到母亲面前：“娘，有什么话我们关上屋门说。”

陆夫人见陆容非脸色也沉了下来，并且也给足了自己面子，便不再反驳，一行人又浩浩荡荡地离开了。

离开后，云想想回到了春雨苑，看着这个自己待了那么久的地方，她忽然心生不舍。

不过或许正是因为她不舍，所以才出了这么档子事儿。

云想想在陆府没有什么私人东西，几件衣服也是陆家帮着准备的，她不打算拿走不属于自己的东西。

再思及眼下情况非同一般，她在弄泉县待了这么久都没出事，所以也不打算立马离开弄泉县，而是想等赵子然回来后再说。

动了离开的心思，云想想去屋里看了最后一眼，结果看到了摆在桌上的“果子酿”。

呆呆望着桌上的酒壶，云想想想起自己原本是想拿这壶酒去找一个老头换灯笼的。

“别想了，别想了。”甩甩脑袋，云想想再次强迫自己放空思绪。

有些人不能多想，因为他们就像是酒，想多了会上瘾。

提着酒壶出了屋子，云想想刚走到院子里便见一位丫鬟从月亮门外经过。

那丫鬟云想想不认识，她看了看手里的酒，张口叫住了对方。

不过对方是认得她的，连忙行礼叫了声“云小姐”。

“你叫什么名字呀？”云想想走近问。

“回云小姐，奴婢叫小绿。”

“小绿？真是个欢快的名字。”

“哪里，就是普通的名字罢了。”小绿嘴上如是说道，脸上却不自觉露出了笑容。

“小绿呀，”寒暄过后，云想想步入正题，“我这儿有壶酒，要是你不嫌弃的话，就送你了。这是我为中秋节研酿的‘果子酿’，不怎么醉人。”

“啊？送我？”小绿愣了愣。

“对呀。”云想想大概也觉得自己突然送人酒的行为有些奇怪，但她实在不想将其带走，于是便细细解释道，“因为我要走了，不想带什么东西，所以……要是你不喜欢的话就当我没说吧，不好意思啊，突然叫住你。”

“不是，不是！”小绿回过神，有些受宠若惊，“只是您说这酒是新研酿的……”

“就是我自己瞎酿着玩儿的。”云想想笑道。

小绿犹豫再三，伸手将其接过：“那小绿就谢谢云姑娘了，不过云姑娘您要走？”

“对啊。”云想想故作轻松。

“为什么呀？”大概是云想想说话的态度太过轻松，小绿下意识接道。等话说完她才惊觉自己多嘴了，又忙道，“对不起云小姐，小绿不是故意的。”

“没事，没事。”云想想摆摆手，“离开哪儿还有什么原因，就是不合适呗。”

小绿年纪不大，正是好奇的年纪，她见云想想真的没放在心上，便又壮着胆子问了一句："为什么？"

云想想还在笑，但那脸上的笑容却苦涩得不得了，她说："就是不合适呀。"

第九章

同甘共苦诉深情

车轮子咕噜咕噜滚动前行，赵子然坐在马车里饮了口云想想送他的“果子酿”，口味果然跟云世伯当年让他尝的一模一样。

都说三岁小孩儿不记事，但不知为何，他就是清晰的记得那清甜可口的酒味。

“主子，属下有一事不明。”阿五的声音从帘外传来。他乔装成车夫的模样，出了城才敢开口说话。

“何事？”赵子然转着手里的酒壶问。

“是关于云姑娘的。”

“想想？”赵子然手里的动作顿了顿，“说来听听。”

“那阿五就直说了，若是哪里惹主子不快，还望主子不要生气。”

“行了，你要说就说，怎的这么啰唆。”赵子然语气带笑。

阿五挠挠头，开口道：“主子明知道那孙小姐对云姑娘有异心，甚至还欲串联那大汉诋毁云姑娘清白，您为什么不跟云姑娘说清楚呢？”

赵子然沉默了一会儿，反问道：“你可看得出想想对那陆家少爷有情吗？”

阿五不敢回答。

赵子然又接道："你不说，便代表你知道。阿五你是没见过，这女人，一旦陷入爱情里，便很容易迷失自我，有时候旁人说上几百遍，也抵不过自己经历一遍。而且，我也有自己的私心。"

"主子哪里还有什么私心？您将咱们几个里武功最厉害的阿七都留在云姑娘身边了。"阿五笑。

"我指的不是这个。"

"那是什么？"

赵子然没回答，阿五也没追问。

看着手里的酒壶，赵子然想起自己为什么没有揭穿孙语柔的原因。

陆家对孙语柔和对想想的态度，是完全不一样的。如果陆容非执意要跟想想在一起，免不了跟家里争吵，到时候他便要在家人和想想之间做选择。而依想想的性子来说，她绝对不会让陆容非面对这样的难题。

所以，真要加重想想离开陆家的决心，他什么也不用做，只要等孙语柔有所行动，再等陆家自己爆发矛盾就行了。他没有给想想多留些银子，也是怕想想猜到，毕竟她那么聪明。

想完这些，赵子然忽然低笑出声。

"主子，怎么了？"阿五在外面问道。

"没事。"赵子然回答。

他掀开车帘看了看外面，此处早已离弄泉县不知多远了，入眼的只有连绵不绝的山和树。而每离弄泉县远一些，他就离皇宫更近一些。

皇宫……他是在那个吃人不吐骨头的地方长大的，就算外人再如何说他三皇子闲云野鹤，只流连山水，那也改变不了他是皇家人的事实。而他只要是皇家的人，就注定心思不会单纯，不然他怎么会连喜欢这种事也下意识地算计起来呢？

不过没关系，就这么一次，而且他是为了想想好。陆容非能给想想的，他都能，而且他还能给想想更好的。

咕噜咕噜——车轮继续滚动，两壶“果子酿”，空了一壶。

陆府。

陆容非面对母亲、妹妹和孙语柔，简直一个头两个大。

陆夫人是个极为护短的人，以前陆容非觉得这点挺好，现在却觉得麻烦了起来。

“娘，想想不是那种人！她只是关心小柔而已。再说了，她自己当时也在，要照您说的她是故意说那些话，那她岂不是连自己的名声也毁了吗？”陆容非再次解释道，因为陆夫人说云想想心思深沉，当着府里下人的面败坏孙语柔名声。

“非儿啊，娘见过的这些小把戏比你多得多，也有经验得多，你怎么不相信娘，非得相信那个什么云想想呢？我看啊，我当时就不该同意她来我们家酒坊，还住进了陆府！”陆夫人气得眉头紧皱。

“姑母。”孙语柔语带劝慰，倒了杯茶放在陆夫人面前，又小声让人去催促拿消肿药的丫鬟。

孙语柔做的这一切陆夫人都看在眼里，她望着自家“冥顽不灵”的儿子，更加闹心。

“非儿啊！”陆夫人苦口婆心，“小柔到底哪里不好了？你就非得选那个云想想吗？”

想是没料到陆夫人会提及自己，孙语柔愣了愣，才半害羞半着急地跟陆夫人说：“姑母，现在不是说这些的时候，这事晚点儿再说吧。”

“怎么就不是说这些事的时候了？这就是一码事！小柔你呀，就是太不争不抢了，这才让别人钻了空子！”

“什么叫钻了空子？”陆容非真不乐意了，“我喜欢人家，那是我的事，要说钻空子那也是我，人还没看上我呢。”

“什么？”听到云想想竟然还没看上自己儿子，陆夫人更气了，“她一个孤女，凭什么看不上你啊？我还没嫌弃她呢！”

“别孤女孤女地叫别人，娘，您好歹也是陆夫人，说话别跟个市井泼妇似的。”陆容非皱眉。

陆容非皱起眉的时候跟陆老爷像极了，陆夫人虽然被陆老爷宠得没边，但也是个知轻重的人，转口道：“那她娘亲是真的去世了吗？”

陆容非不耐烦地“嗯”了声。

“那她娘的后事呢？我派人去打听了一番，说是还没办。这要是真的，那她也太不孝了。”

“人家办不办后事，你们着什么急，操什么心啊，说不定人家有什么难言之隐呢？”

“有什么难言之隐不能为自己的亲生母亲办后事？”陆夫人虽然不

高兴，眼看自家儿子又要皱眉，她急忙转开话题，“好，这个姑且不说，但她明知你喜欢她，还跟那个‘赵不言’搅和在一起，这算怎么一回事？”

“那是‘赵不言’缠着她！”说起这个陆容非也烦。

“胡说！”一直沉默不语的陆风瑶说话了。

“我怎么胡说了？”陆容非看着自己妹妹，“他姓赵的哪里好了？值得你们一个两个这么不依不舍？人家住哪里，家里有几口人，家里又是做什么的，你们知道吗？什么都不知道就敢在这里瞎嚷嚷，真以为生活是话本啊？”

陆风瑶不说话了，只是气鼓鼓地看着陆容非。而陆容非此时才瞧清妹妹红肿的脸，心里升起些许愧疚和疼惜。

“还痛吗？”他颇为不自然地问。

陆风瑶哼了声别过头，没回答。

兄妹俩吵闹是常有的，回来的路上陆夫人听了丫鬟的叙述，觉得这事儿陆风瑶和陆容非各有一半责任，眼下见两人有所缓和，便道：“现在知道关心妹妹了？下手的时候怎么不轻一点呢？”

陆容非别开眼，不想再解释。陆夫人打圆场：“行了行了，都是一家人，哪儿有一直记仇的道理。”

陆风瑶紧绷的肩膀软了些。

看到这一家子和和睦睦的画面，孙语柔垂下眼，等到欣儿说拿药膏的丫鬟来了，她才起身接过药膏，帮陆风瑶擦起药来。

“谢谢小柔。”陆风瑶对孙语柔道。

“跟我说什么谢呀。”孙语柔轻笑，一边帮陆风瑶轻轻吹了吹红肿的脸颊，问，“怎么样？还疼吗？”

陆风瑶瞟了陆容非一眼，瘪瘪嘴。

孙语柔又转头对陆容非说：“容非哥哥，你就别气瑶姐姐了，你们……应该能互相理解，瑶姐姐也是看到那赵公子跟云姐姐举止亲密，才一时难过说了重话，要是换作你，想必也是一样的。”

孙语柔故作坚强的表情让陆夫人泛起一阵爱怜，她埋怨地看了儿子一眼。

陆容非则直接无视了母亲，只看了孙语柔一眼，从侧面印证了她话里的意思。

孙语柔面上没什么反应，心里却早已波涛汹涌。随后，她帮陆风瑶擦完药便告辞离开了，说是身子有些乏，想回去休息，陆夫人闻言送上了一长串关怀的话，但孙语柔一句也没听进去。

出了陆夫人的院子，孙语柔在前面走着，欣儿在后跟着。

想起那个人跟自己说的话，欣儿开口道：“小姐，有句话就算您要赶欣儿离开，欣儿也要说。您虽不是老爷、夫人亲生的，但您待他们比亲生的还用心，而您对少爷的心思，大家都明白，要是夫人一心想撮合您和少爷，直接让少爷娶您过门就是。少爷又不讨厌您，只要有了那夫妻之实，少爷就不会将您再当成妹妹看待。”

欣儿话说完，孙语柔的步子猛然停了下来。

由于低着头，欣儿看不清孙语柔的表情，不过她还是能感受到头顶炙热的视线。

她很小的时候就被卖入了陆府，丫鬟要做的事情，她都做过，正是因为这样，她才不愿一辈子都过着这样的日子，现在有个机会送到她面前，她怎敢不抓紧？

在说这些话之前，虽然她心里直打鼓，但也还是愿意赌一把。

那个人的主意上次成功了，这次应该也会有用吧。

事实给了欣儿肯定的回答。

“这些话谁跟你说的？”孙语柔问。

“回小姐，没人跟我说。”

“好，那你记住了，下次不要再在外面提起，还有，以后不要站在门外了。燕儿怎么做的，你就怎么做。”

欣儿一愣，随即飞快道：“是，小姐。”

“对了，杏儿为什么会从我身边离开，你们私下应该有所耳闻，这种事，我不想再发生第二次。”

“奴婢知道。”

天色渐暗时，陆容非总算从陆夫人那儿离开了。

陆夫人的意思是，她并不是一定要陆容非娶孙语柔，但要是陆容非能娶孙语柔的话，那是再好不过的。反过来，要是他陆容非想娶云想想，那云想想不解释清楚她娘亲的事，他们两人也是绝对不可能的。

于是事情再次卡在了这里。

“真是麻烦！”陆容非丧气道。

走了一小截路，他对跟在身后的福来道：“想想呢？”

“回春雨苑了。”福来答。

陆容非脚步一转：“走，我们去春雨苑。”

春雨苑内，云想想该收拾的也收拾了，要打包的也打包了，只等天一亮就跟陆夫人道别离开。

今天刚发生这档子事，其实她也不愿面对陆夫人，但跟陆家的合约解约得经主人同意，而比起陆容非，陆夫人对她而言倒没那么可怕了。

“你这是在干什么？”云想想正在计划明日之事，陆容非的声音忽地从门口传来。

他走进门，看见放在桌上瘪得可怜的包袱。

云想想第一反应是想把包袱收起来，但奈何陆容非三步并作两步走了进来，她的手只来得及放在包袱上，便就此停住。

“我问你，你这是干什么？”陆容非指着桌上的包袱，语气严厉了不少。

云想想嚅动嘴唇，声音小得可怜：“打包东西。”

“打包？你打包去哪儿？难不成要离开陆府？”问这话时，陆容非的心是悬着的，而云想想给他的答案，则让他的心彻底沉入了谷底。

“对，离开陆府。”

“云想想！”陆容非拿眼瞪着她，“你怕是不记得我们之间有合约

了吧？”

“记得。”云想想不敢看他，“我明天会去找陆夫人说清楚……”

“跟你签合约的人是我！是我陆容非！”陆容非一掌拍在桌子上，震得桌上的水壶哐啷一声响。

云想想深吸一口气，终于正视他道：“行，那我现在想毁约行了吧？再说了，我给陆家研酿的新酒也足够……”

“云想想！”陆容非打断她，“你以为我在乎的是酒吗？”

云想想不说话了，因为这个答案她清楚得很，但她却无法给他回应。或者说她给了，但他不愿放弃。

“想想，我不管你有什么难言之隐，那都是你的事，你不想说，我便不去问。再者，就算我们之间的关系因此而受到阻碍，我也会解决，用不着你来担心。可是你为什么一直都在拒绝我？难道我在你心中就那么不可靠吗？”

“我没觉得你不可靠。”云想想顺应内心回答。

陆容非继续问：“那你为什么连个尝试的机会都不愿意给我？是不是我哪里还做得不够好，我说了，只要你开口……”

“不是的！”云想想闭上眼，想掩饰住内心几欲喷薄而出的情感。只是这次，她又得让陆容非伤心一次了。

“因为我不喜欢你。”

近日的气温越来越低，夜间的风不再让人感觉惬意，反而有种几欲穿透皮肤的凉意。

在回去的路上，陆容非脑子里一片空白，他手里拿着作废的合约，走着走着，忽然就笑了，但仔细看去时，眼中却带着泪。

“云想想。”他喃喃道，“你怎么连说谎都不会？可尽管如此，我还是会当真啊……”

另一边，赵子然顺利回到皇宫，从云想想那边誊抄的内容，还是没人能解读出来，不过他把这些日子调查的结果都跟父皇说了。

听到云想想的存在，威严十足的皇上神色松动了一下，他颤抖着声音问：“这些年她过得怎么样？”

“回父皇，还算自在。”换上华服的赵子然回道。

宣帝点头：“自在就好，自在就好，她父亲也是个喜欢自在的性子。”话说完，他似乎陷入到某种回忆，而后才接道，“今晚的中秋宴跟历年一样。”

言外之意就是“魏太师也会来”。

赵子然垂下眼：“儿臣知道，儿臣会好生注意的。”

“嗯，行了，你下去吧，去看看你母妃，她想你了。”

“是，父皇，那儿臣先行告退了。”

三两句话后，赵子然离开了养心殿，前往玉贵妃处。

赵子然进宫时带着随从，随从手里提的，正是云想想临别时送他的“果子酿”。

“然儿！”看到赵子然，玉贵妃满是欣喜。

她隐约知道这阵子然儿在忙什么事，但圣上和然儿既然都没提，她也识趣地没问。

毕竟，有些事知道的人越少，便越安全。

只是为娘的，对子女难免心怀担忧。圣上怕是也觉察到她的不安，所以才早早放然儿来看她了吧。

“儿臣给母妃请安，母妃近日身体可安好？”赵子然规规矩矩行了个礼。

“无恙无恙。”玉贵妃连忙扶起赵子然，左右打量了他一番，笑道，“每次游历回来你都要瘦一圈，怎的这次反倒胖了些？”

“有吗？”赵子然笑眯眯地回答，“大概是人逢喜事精神好。”

“喜事？”玉贵妃眼神一亮，拉着赵子然坐下的同时，屏退了四周的下人，“怎么了？你这是看上哪家的千金了？”

赵子然摸摸鼻子：“哪儿有什么千金？”

“行了，你可是母妃一手养大的，你想什么母妃能不知道？你这满脸的春风啊，都快溢出来了。”

身在皇宫，如能自己带大孩子，也实属一件幸事，至少对玉贵妃而言是幸事。所以她在教导孩子方面很用心。

后来，然儿这孩子也确实让她省心，纵然他爱好山水，那也无妨，大不了以后当个闲散皇子或者王爷。

只是不知从什么时候起，然儿和圣上开始有了他们的秘密，他们以为不说，她就不知道，殊不知女人对于自己在意的人，直觉强烈得可怕。而她眼看着然儿跟圣上年轻时越来越像，心里也是说不出的复杂。

“然儿。”玉贵妃看着赵子然，“无论你喜欢哪家的姑娘，母妃都支持你，你知道的，只要你过得好，母妃就满足了。”

赵子然长大后，便很少听见母妃说这种真情流露的话，一时间，心中有些感慨。

“然儿，你已经大了，有些事自己能做主，所以母妃便不再过问，但母妃还是有句私心的话想跟你说。”

“母妃，你说便是。”

“若是有可能，那三千弱水，取一瓢便可。”

赵子然闻言眼神一震，旋即，脸上流淌着柔光。母妃懂他，哪怕母妃不说，那弱水三千，他也只愿取一瓢饮。

烛光下，年近四十的玉贵妃，看起来仍像少女一般，只是她眼中的光彩，不复以前。

“你父皇还是皇子时我便跟着他了，那时候，他府中只有我一位妃子，任老皇帝说破了嘴皮他也不曾再娶其他千金，甚至公主。只是后来他成了这天下百姓的圣上，我便成了玉贵妃。”

简单几句叙述，赵子然仿佛看见了母妃从少女成为贵妃的一生。

“他是圣上，很多事身不由己，我也知道他对我好，可是感情这东西，真的没办法大方。”

“我知道的，母妃。”赵子然看向母妃，“我懂您的意思。”

语毕，他将随从摆在桌上的酒坛打开，同时道：“您不是问我看上

了哪家的姑娘吗？”

酒壶的酒倒入杯中，赵子然轻轻推到玉贵妃面前。玉贵妃好奇地看了眼杯中的酒，而后浅浅尝了一口。

仅一口，玉贵妃的手便顿住了。

她没说话，只愣愣地看着赵子然，等见赵子然点头后，眼泪啪嗒一声滴落。

“母妃。”赵子然握着玉贵妃的手说，“要是她愿意，孩儿无心锦绣河山，只爱山川溪流，也愿意跟她一生一世一双人。”

玉贵妃不敢开口，怕哽咽声惊到宫人，只用力地点点头。

那个孩子还活着，还活着，就比什么都要好啊。

玉贵妃还记得，然儿只见过云轩一面，在云家出事后，当时年纪尚小的他却扬言要替云家洗清冤屈，气得圣上让人动手教训了他。而打那以后，他果真没再提起。

她以为他是怕了，原来他只是在等。

说起来，人与人的相处还真是奇妙。有的人你相处大半辈子也无法理解，但有的人，你只需一眼便死死认定。

就好比她对圣上。

中秋宴前，玉贵妃一个劲要赵子然注意安全，赵子然一一应承了下来。可是自古以来，通敌叛国的事件里，哪有“安全”可言呢？

证据不足前，他和魏光尚能装作什么都没发生，热络寒暄，可一旦证据确凿，血雨腥风是必不可少的。

一场杯光酒影的宴会，像是为即将到来的厮杀拉开了一场别开生面的序幕。

莺歌燕舞中，看着那一张张戴着面具的笑容，赵子然疯狂思念起云想想，他也是第一次对权势阴谋感到厌烦透顶。

他跟自己说，这次事件结束后，他就彻底地离开皇宫，离开朝廷这个是非之地，当他的闲散皇子，最好还能有想想陪在身边。

而在今天，走神的不止赵子然，还有魏光。

吴安跟他汇报说，今年的中秋，清琪又拒绝了府上送去的素食，自从云府那件事后，清琪就入了寒云寺，跟他这个哥哥断绝了关系。

当年，魏光觉得自己这个妹妹不懂事，更觉得她是小姑娘，喜欢使性子而已，坚持不了多久，就任由她去了。可他忘了他们是亲兄妹，他尚且如此固执，她又会好到哪里去。

但是到如今，他不愿放弃，因为如果他放弃的话，那么这些年他所坚持的一切不就都成了笑话吗？

且，他并不觉得自己做错了什么。

有人想要美女，有人想要富贵，他想要的，不过是这天下而已。

宴会进行到一半，魏光便退席了，反正他历年都是如此。

吴安跟马车等在宫门外，上车后，吴安开始跟魏光汇报："老爷，那边已经准备好了，应该会在今天动手。"

"嗯。"魏光闭目回应，"陆之航是今晚到弄泉县吧？"

"如无意外，应该是的。"

“你让那边加派人手，不日应该会有一场恶战。”

“是，老爷。”

经过这些时日，魏光确定了陆之航就是当年的谢舟，只是陆之航手中是否有云轩留下的密函，他和赵子然两方人马都没打探出来。而要陆之航“坦白”的方法也很简单，那就是把云想想的真实身份透露给他。

成大事者不拘小节，更不应贪恋儿女情长，赵子然明明在这事上领先了他，眼下却又因云想想而错失良机。既然如此，他就不客气了。

离开陆家后，云想想在弄泉县找了家客栈住下，其间，她一日三餐基本都在屋内解决，也很少出门。不过奇怪的是，过这种吃了睡、睡了吃的日子，她不仅没胖，反而瘦了。

她想起自己不知在哪儿看到的话本，话本上说相思病也是病，容易让人日渐消瘦。

不过中秋节那天她没忍住出去了。

街上热闹非凡，为了避免遇到某人，云想想特意买了个面具戴在脸上，还作了男子打扮。

小孩的嬉笑声和小贩的叫卖声，稍稍驱走了些她内心的惆怅，她甚至兴致不错地买了个糖人拿在手里。

“这位小公子，买个灯笼吧。”路经一卖灯笼的小摊时，老板叫住云想想道。

今天街上带面具的不少，所以她这副打扮也不算稀奇。

云想想闻言停下脚步，视线从摊上的灯笼一一扫过，而后看到一个兔子灯笼。

类似的灯笼赵子然之前给她买了一个，但是后来被陆容非踩坏了，再后来……

云想想不敢再想，她轻轻晃了晃脑袋，问老板："这个怎么卖？"

"二十文。"老板比画了个手势。

云想想闻言想讲价，但刚张嘴便有一道声音插进来："福来，掏钱，这个灯笼我要了。"

听到这个声音，云想想的手不由得抖了抖。

"陆家公子啊。"老板也是认识陆容非的，他带着歉意笑道，"这灯笼是这位小公子先看上的。"

"那我给两倍的钱可以吗？连他的也一起赔。"陆容非不耐烦道。

"这……"老板看向云想想。

云想想心里慌张，没想到自己一出门就撞上了陆容非，也不敢多做停留，放下灯笼飞快说了句"不用了"便要走。

她以为自己乔装打扮了，又戴着面具，声音应该是听不真切的，但不曾想她刚放手就被陆容非死死抓住了。

通过面具上小小的孔，云想想看到陆容非既震惊又惊喜的表情，心里说不出的难受。

她咽咽口水没说话。陆容非盯着她看了许久，而后一字一句道："想想。"

“你、你认错人了。”云想想压低声音道。

陆容非不听她胡扯，拉着她的手就往人少的地方走，同时对身后的福来道：“给钱，灯笼带上，自己回去。”

穿过人群，云想想觉得腕间的大手似乎要将自己的骨头捏碎，她一边祈祷陆容非放开自己，一边又贪恋他指间的温度。

这一刻，近日来的空虚和混乱通通消失不见了，她的内心似乎被什么填满了，只有愉悦和满足。

来到一条小巷后，陆容非一把将云想想推到墙上，同时也将她双手禁锢住。

他微微弯腰望着她戴着面具的脸，眼睛慢慢变红。

“闹够了吗？”陆容非开口，声音有些嘶哑。

“我不懂你在说什么。”云想想避开目光。

“闹够了吗？”陆容非又重复了一遍，“如果闹够了就回来好吗？回到我身边。”

云想想的心脏开始扑通扑通直跳，脸颊温度也不住上升，而陆容非补了最后一句：“想想，我想你了。”

语毕，陆容非低头靠近云想想，吻落在面具上唇部的位置。

明明隔着东西，但云想想就是觉得自己感受到了陆容非嘴唇的温度。她睁大眼，呆愣在原地，陆容非一吻结束后又抱住了她，她没有推开他。

“我很开心你没推开我。”陆容非把头搁在云想想脖间道，“这是不是代表你是喜欢我的，至少不讨厌我？”

“你……不是同意我离开了吗？”

“我后悔了。云想想，我说我后悔了。我不该放手的，不论你拒绝我多少次，我都不该放手的。”陆容非越抱越紧，“你离开的这几天，我无时无刻不在想你。每一天，从睁开眼到闭上眼，我所看到的一切风景都有你的影子。可我又不敢去找你，我怕你讨厌我。”

陆容非的真情告白让云想想愣住了，她久久没有说话，一句“我也是”哽在喉咙，怎么也吐不出来。

与此同时，一阵喧闹声在外响起，云想想隐隐约约听见有人在叫自己的名字。

“好像有人在叫我？”云想想疑惑道。

陆容非松开她，侧耳去听，也听见了。但两人还没来得及有所反应，一身穿衙役服的男子便朝他们的方向喊道：“云想想在这里！”

紧接着，一队官差朝小巷里跑来。

带头的捕快陆容非认识，等众人靠近后，他挡在云想想面前，上前询问：“许捕头，这是怎么了？”

许捕头面色为难地看了眼陆容非，朝先前叫唤的官差问：“你确定他就是云想想？”

“确定，店家和卖面具的老板就是这么形容的。”

“好，你们先去巷子口守着，我跟陆少爷解释一下。”众人得令后退，许捕头这才好好跟陆容非解释起来。

“陆夫人派人来县衙报案了。”

“我娘？”陆容非不解，“我出门时不都还好好的，她这是报的什么案？”

“是语柔小姐。”

“小柔？怎么又扯到小柔了？想想都离开云府几日了，她们现在报的什么案啊？”简直胡闹！

在听到“报案”的时候，云想想已经把面具拿了下来，此刻，她也是迷惑万分地盯着许捕头。

许捕头看着明显关系匪浅的两人，叹了一口气道：“语柔小姐身旁的丫鬟欣儿，按着陆夫人意思来县衙报案，说是语柔小姐因喝了云姑娘所酿制的酒中了毒，所以我们现在要带云姑娘去县衙里，等待事情调查清楚。”

“中毒？”云想想吃惊大喊，“可是我没给她送过酒啊？”

“据欣儿说，那酒是从一名叫小绿的丫鬟那儿收来的。”许捕头又解释道。

听到小绿的名字，云想想神色一变。陆容非注意到她的表情，连忙追问：“怎么？许捕头说的确有此事？”

云想想点头：“我是曾赠予小绿一壶‘果子酿’，只是为何语柔姑娘会中毒，我也不知情。”

后宅女人的手段陆容非虽不曾亲身经历，但也是有所耳闻，他立马对许捕头道：“这事一定有误会，肯定不是想想做的，想想不会做出这种事！”

许捕头面露难色：“陆少爷，我们相不相信云姑娘，这……这没有用啊！现在人证、物证确凿，云姑娘去县衙是不可避免的，您就别为难我了。而您要是真想帮云姑娘，就去好好问问您家里那几位吧。”

许捕头也是人精，猜到可能是怎么回事，于是好心劝道。

但陆容非还是舍不得云想想受牢狱之苦，固执地站在她面前，没有移动半步。

云想想心知自己这是真的摊上事儿了，又记着暗地里有赵子然留给她的暗卫，所以也不是很怕，主动对陆容非道：“没事的，清者自清，我相信真相一定会水落石出的。”

“什么水落石出啊！”陆容非烦躁不已，心里对孙语柔又多了份厌烦，“你知道进去后会经历什么吗？那里可是大牢！万一他们对你私自动刑，逼你认罪怎么办？”

“咯咯。”许捕头尴尬地咳嗽了一声，“陆少爷放心，我不会让这种事发生的。”

许捕头不说话还好，一说话陆容非立马把火气撒到他身上了：“你的保证顶个屁用啊！”

“那也总比没人保证的好吧。”许捕头委屈地回答。

原本紧张的气氛被两人这一问一答弄得轻松不少，云想想竟然扑哧一下笑出了声。

“行了。”云想想拉住陆容非，“人家好歹是捕头，而且又是得令

办事，你为难人家也没用啊！”

许捕头点头，冲云想想竖起大拇指，陆容非则哼了声，没说话，云想想又道：“况且人家也说得没错，你要是有这工夫，早点替我洗清冤屈不就好了。”

“可是我怕你受苦。”陆容非瘪着个嘴，拉着云想想的双手，“你住客栈我都不放心，更别说大牢了。我只要一想到你晚上睡的地方又潮又湿，还有老鼠蟑螂，我心里就难受，现在就开始难受了。”

陆大少潇洒不羁的样子许捕头见过不少，但眼前这种，他还是头一次见，当下就起了一身鸡皮疙瘩。

陆容非背对许捕头看不见他牙酸的表情，但云想想看得见，她一时又好气又好笑，连自己要被抓入狱的惶恐都没了。

这个陆容非，还真是个不让人省心的家伙。她既没答应他的示好，也没答应给他半分承诺，甚至还离开了陆家，他怎么还能如此悠然自若地做出、说出这种让别人误会的动作和话呢？

“陆容非。”云想想小声道，“你别得寸进尺。”

“我得寸进尺又不是一两天了。”陆容非极其自然地接道，“而且刚刚也不知是谁让我得寸进尺的。”

“你……”云想想顿时红了脸。

“许捕快！”不等云想想发作，陆容非终于想起被晾在一旁许久的那位，害得云想想反驳的话没说出口。

“许捕快，我可是把想想交给你了，要是你没给我照顾好她，你自己知道的。”

“知道知道！包在我身上！”许捕快立马拍着胸口保证，伸手就要去牵云想想。

“哎哎哎！干什么呢？”陆容非眼疾手快地拍掉许捕头的手。

许捕头眨眨眼，一脸无辜。

“这手是你能牵的吗？我亲自帮你把人送去县衙吧。”

“啊？”许捕头懵了。

陆容非却懒得再管他，拉起云想想的手就往外走，一边还说风凉话：“您倒是快点跟上啊，不然这人跑了我可不负责。”

“陆容非！你真当我不敢冲你发火儿是吧！”许捕头小跑跟上道，但却没有制止陆容非的行为。于是，大街上便出现这么一幕：陆容非牵着云想想走在中间，两人周围是身穿衙役服的官差，看着像是两人的护卫队似的，好不威风。

途中，云想想好奇地问陆容非：“他为什么不敢得罪你啊？”

陆容非得意扬扬：“还能因为什么，酒呗！”

好吧，这下云想想服了。之前卖灯笼的老头是因为酒，现在这许捕头又是因为酒，这弄泉县的“酒文化”也真是深入得透彻啊！

今日中秋佳节，又因天色已晚，县令虽派人将云想想押进了牢房，但却是等明日再升堂断案。而被关进大牢的云想想又因陆容非的关系，垫的稻草要比别人的厚实、干燥。盖的被褥也是陆容非派人新买的。

看着陆容非派人忙前忙后地“装扮”大牢，许捕头哭笑不得：“陆少爷，这儿可是大牢，不是游山玩水的地方。”

“我知道，可我就是舍不得想想受苦。”陆容非深情地看着身旁的云想想，又看了许捕头一眼，“像你这样的单身人士是不懂的。”

扑哧——许捕头觉得自己的心脏似乎被人插了一刀。

“行了行了，你们还有什么话就快些说吧，我在外面等着你。”说罢，许捕头挥挥手离开了。

小地方的大牢“生意”不好，云想想这一来算是“承包”了整间牢房，所以许捕头才敢让陆容非“作妖”。

四下无人，陆容非脸上终于露出担忧之色，抱着云想想道：“想想，你别担心，我很快就会接你出去。”

云想想咬咬唇，第一次放任内心的情感，反手抱住他，道：“嗯，我等你。”

第十章

月下热血偿旧事

回到陆府，陆容非刚到门口便见福来满脸焦急地守在那儿，看样子他是知道了云想想的事。

“人呢？”陆容非一边往里面走一边问。

“夫人、小姐还有大夫都在语柔小姐那里。”

“大夫怎么说？”

“大夫说幸亏喝得少，没有什么大碍，但具体要开什么方子，还在诊断。”

陆容非眉头一皱，低声回了个“嗯”。福来看着自家少爷满腹心事的脸，小心问：“云小姐呢？”

“大牢里。”

“可今天是中秋节呢……”

“人官府抓人还管你过什么节啊？”陆容非眉头紧锁地说。

对啊，今天中秋节呢，她月团都还没吃上一个吧。

“少爷，您是不相信云小姐会做这种事的吧？”福来问。

陆容非赏了他一个脑瓜崩：“你说呢？”

“嘿嘿，您肯定不信。”福来笑，随即又道，“那这是有人想陷害云小姐吗？”

陆容非白了他一眼，福来赶紧补充：“我的意思是，不会是语柔小姐吧？”语柔小姐四个字福来几乎是用嘴皮子说的，要不是陆容非隔得近，否则根本听不清。

陆容非没回答，虽说他也这么猜测过，但眼下没有证据，自是不能乱说。

不然让娘亲知道了，她得多伤心，所以，他是真心希望这事跟孙语柔无关。

一路疾行，陆容非刚到梧桐苑，就感受到那股严肃的氛围。

外室，陆夫人由陆风瑶陪着坐在圆桌前，周围站着三三两两的丫鬟。见到陆容非，陆夫人气呼呼地问：“你刚刚去哪儿了？”

陆容非心知母亲定是知道了他的动向，于是没有隐瞒：“我跟想想在一起。”

“啪——”陆夫人一掌拍在桌上。

“陆容非！你还是我孙素云的儿子吗？你到底吃错了什么药才被那等心肠歹毒的女人勾去了魂？天下女子何其多！你就算不喜欢小柔，找个清清白白的良家女子不好吗？为什么偏偏是云想想？”

“娘，你误会想想了……”

“我误会了？你敢说这酒不是她酿的吗？”

“可就算是她酿了，那也不代表……”

“那也不代表她下了毒是吗？儿啊，你怎么这么糊涂啊！如果这毒不是她下的，那这陆府几十口下人，她为什么偏偏就把这酒给了梧桐苑的丫鬟呢？”陆夫人一副痛心疾首的模样。

陆容非见母亲这次是真的气到了，担心她的身体，语气不敢激烈，只轻声道：“丫鬟可审问了？”

“没审娘也不会叫欣儿去报官。”这次回答的是陆风瑶。

她这话说完后，外室再次沉默下来，直到大夫走出来。

大夫将“无大碍”的结果又重复了一遍，然后才道：“孙姑娘近来肝火旺盛，我再为她开些降火的药。”

“肝火旺盛？这、这怎么会呢？”陆夫人有些吃惊，随即像是想到什么似的，瞪了陆容非一眼。

待大夫开完药，陆夫人交代欣儿好好照顾孙语柔，便在丫鬟的搀扶下离开了梧桐苑，其间没再同陆容非说一句话。

陆风瑶是跟在陆夫人身后一起走的，走之前，她沉声对陆容非道：“这就是你选择云想想所造成的结果吗？跟家人反目成仇？”

陆容非没回答。

他侧目望着躺在床上脸色苍白的孙语柔，心如乱麻。

晚上的时候，陆容非没有回去自己的院子，而是守在了孙语柔床边，他想等孙语柔醒后问清今天的事。

第十章 月下热血偿旧事

孙语柔半夜醒来的时候，看见靠在床头的陆容非，有一瞬慌神，还以为自己在做梦。

她颤抖着伸出手抚上陆容非的脸，眼神贪恋的在他脸上流连，柔声道：“容非。”

是的，她想叫他容非，而不是容非哥哥。

至于陆容非，他在孙语柔盯着他看的时候就醒了，只是他还没睁开眼，就感受到脸上柔软的触感，以及听到那声“容非”。

不愿孙语柔太过尴尬，陆容非本想等她收回手再睁开眼，可更让他吃惊的事出现了。

眼前的光亮渐渐被覆盖，温暖的气息也越来越近，思绪短暂放空后，陆容非猛然意识到孙语柔想做什么，“咻”的一下站起身。

“容非……哥哥。”孙语柔半撑着身子坐在床上，脸上有吃惊，也有羞愤。

陆容非看了她一眼，飞快收回视线，心知眼下也不是谈事的好时机，边转身边道：“我去叫欣儿进来。”

“容非哥哥！”孙语柔又叫道，但陆容非脚下不停，而她再开口时就变成了，“陆容非！”

从小到大，这是孙语柔第一次直呼陆容非的名字，陆容非不知是被她这个称呼吓到，还是被她决绝的语气吓到，终于停了下。

“陆容非。”孙语柔眼眶发红，“云想想三番四次地拒绝你，你都敢往上冲，为什么就不能直面一次我对你的感情呢？”

“我跟你说过，我只把你当妹妹。”他这话的意思是自己已经回应过她了。

孙语柔的眼泪啪嗒滴落下来，她苦笑：“好，那你能听完我的话再走吗？”

“算了吧，没有结果的事还是不要说了，再者你身体正虚弱，我先让欣儿进来照顾你。”说着，陆容非又要抬脚离去，但被孙语柔再次叫住了。

“陆容非，你现在要是走出这个门，我就死在这床上，让云想想一辈子出不来。”

陆容非呼吸一紧，手里的拳头握了又松，松了又握，而后一步步走到床边。

而孙语柔则像是没看见陆容非铁青的脸色似的，笑着让他坐下，陆容非不敢不从。

“容非。”孙语柔贪恋地盯着陆容非道，“你知道我等这一天等了多久吗？等你向我走来。”

陆容非没作声，孙语柔仍自说自话：“你知道我喜欢你吧？很小的时候我就发誓以后一定要嫁给你，所以你说你喜欢什么样子的姑娘，我就让自己成为什么样的姑娘。”

接着，孙语柔开始事无巨细地将自己这么多年来，为陆容非所做的改变一一道出。

而陆容非虽然对她没有男女之情，但听了这些也不免动容。

“你没必要这么做。”等孙语柔说完，陆容非道。

“不，我愿意为了你这么做。”孙语柔神情眷恋。

“可那都是我随口说的，倘若我真的爱上一个人，哪会管她长什么样子，或者会什么技艺呢？”

孙语柔脸上的笑容僵住。

“小柔，你是个好姑娘，但真正值得你付出，真正心疼你的人，不是我。”

“不。”孙语柔哭着道，“那是因为你还没真正接受我，你只要给我一个机会，你就会知道我才是最适合你的！”

孙语柔偏执的话，陆容非不打算再听，他现在满心里都是被关在大牢的云想想，哪儿还有脑子想这些事。

可孙语柔却想起欣儿曾跟她说的话。

少爷又不讨厌您，只要有了那夫妻之实，少爷就不会将您再当成妹妹看待。

看着陆容非侧向一旁的脸，孙语柔眼神突然坚定下来，三两下便解开了衣裳。

陆容非心神不定，而等他回过神的时候，孙语柔已经赤裸着身子坐在他面前。

“小柔！你这是干什么？”陆容非大惊，立马背对孙语柔。

孙语柔不回答，光着脚走到陆容非身后，伸手抱住他道：“容非哥哥，我想嫁给你，成为你的妻子。”

“你这是在胡闹！”

陆容非语气焦急，手忙脚乱地掰开孙语柔的手。

孙语柔力气哪有陆容非大，三两下就被他挣脱开。

随后，陆容非不管她再说什么都恍若未闻，直接离开了。

“小姐，您还好吗？”守在门口的欣儿早听到了里面的争执声，但没敢进去，此时陆容非走了，她才隔着门问道。

冰凉的空气接触到皮肤，让孙语柔起了层鸡皮疙瘩，但她却像是感受不到这温度似的，愣了好久才重新回到床边，说：“我没事。”

深秋了，天气是很凉，可更凉的，是心。

另一边，从南边做生意回来的陆老爷，在途中收到一神秘人的信件，其内容让他大惊失色。

信上说，孙语柔并非云轩之女，云轩真正的女儿是云想想！

此事可谓非同小可，陆老爷不敢轻信，也不敢不信，所以他连夜上路，势必要赶紧回去调查清楚。

除此之外，他更担心的是告知他此消息的人不安好心。

“云轩……云想想……她真的是云兄的女儿吗？”捏着那封被自己

看过无数遍的信，陆老爷恍若身处梦境之中。

记忆回笼，他想起十几年前的事——

当时，他与云兄因酒相识，而后成为知心好友，几乎无话不谈。

云兄看着他与自家夫人相知相恋，成亲生子，他也看着云兄同夫人执子携手，直到那件事出现，改变了他们的一生。

陆老爷还记得，那年的雪下得着实大，甚至差点闹了灾荒，等到开春的时候，云兄特意前来邀他去打猎，说想为即将出世的女儿做件兔毛的外套。

可陆老爷当时忙着照顾夫人和儿子，拒绝了云轩兄的邀请。

但就在当天晚上，云轩神色凛然地找到他，说他在山上发现一名身穿汉服的契丹人尸体，而且还身刺契丹精卫队图腾。

契丹近几年蠢蠢欲动，而且又是身穿汉服的精卫队成员出现在京城附近，不得不引人重视。

云轩还说，那人应该是遭遇雪崩意外身亡，而他在对方身上发现两个小指粗细的竹筒。

竹筒内部是空的，里面各藏了一封信。只是信上内容他看不懂，像是乱写的符号。

国都子民，都有一腔爱国心，两人对着这小竹筒和信纸研究了多日，最后不仅读懂了上面的内容，也得知了写信之人究竟是何人。

时隔多年，陆老爷经常会想，如果能有重来一次的机会，他是否还

会陪云兄去解读那份密信？

或者说，他是否还会关心则乱，亦或者说自作聪明，做下那档子糊涂事给云府带去灾难……

马车一路向前，很快就来到弄泉县，陆老爷一行人刚过城门，便看见守在门口的陆府小厮。

小厮神色慌张，管家见状招呼马车停下，上前询问。陆老爷在马车停下后也掀开帘子朝外望去。

不一会儿，管家一脸为难地来到马车前，陆老爷主动问："发生了何事？"

"回老爷，小厮带来消息，说是语柔小姐在府中遭人毒害，现正卧病在床。"

"可有性命之忧？"陆老爷慌忙问。

虽然孙语柔可能不是云兄之女，但毕竟自小在陆家长大，他早已将之视为己出，听到此消息自然着急。

"大夫说没有性命之忧，只是……"

"只是什么？难道那下毒之人没找到？"

"找到了，夫人已经命丫鬟报了案，并将其抓入了大牢。"

"那你吞吞吐吐什么？"

"只是那下毒之人不是别人，正是云姑娘。"

"云想想？"陆老爷难以置信道。

管家点点头。

听到这个答案，陆老爷心里的不安越发明显。

他前脚刚收到云想想可能是云兄真正女儿的消息，后脚云想想就成了毒害柔儿的凶手，这两件事凑在一起，未免也太巧了。

可是，尽管他嗅到了阴谋的味道，却也不得不踏进这个圈套，谁让他欠了云兄呢？

“陆进。”陆老爷对管家道，“去县衙大牢。”

此时约亥时，管家打点好一切后，陆老爷跟着值班的衙役来到云想想所待的那间大牢。

云想想半梦半醒间被烛光晃醒，她以为陆容非又来了，正要赶他走，睁眼却看见陆老爷的脸。

“陆老爷？您怎么来了。”云想想诧异道。心里则忍不住犯嘀咕：难道他是因孙语柔来教训她的？

陆老爷没急着回答，看向了衙役。

衙役立即会意，一边将灯笼递到陆老爷手里，一边道：“陆老爷，您先聊着，我就在外面，有事喊一声就成。”

“辛苦你了。”陆老爷礼貌回应。

“不辛苦，不辛苦！”衙役赶紧摆手，一溜烟小跑出去了。

开玩笑，给个便利就有一两银子，都够他两个月的俸禄了，哪里还

辛苦？

衙役走后，云想想下了“床”，隔着牢房门和陆老爷相对无言。

澄黄的光影中，陆老爷的表情复杂到她看不懂，不过她唯一可以确定的是，陆老爷似乎不是来找她麻烦的。

“陆老爷……”

“想想……”

两人同时开口。

云想想一顿，礼让道：“您先说。”如果她主动说自己是无辜的，好像也有些此地无银三百两的感觉。

陆老爷点点头，挑明云想想心中疑问：“虽然我与你相处时间不久，但我相信你不会害柔儿。”

云想想闻言有些惊讶：“您……真的相信我吗？”

陆老爷点头。他这话是发自真心的，哪怕他没收到那封信。不过提起那封信，陆老爷眉头又皱了起来。

先前还不觉得，而今一得知云想想可能是云兄的女儿，他便觉得两者越看越像。

同样高超的酿酒天赋，以及眉眼处的弧度变化。

他以前，怎么就没发觉呢？

“想想，我能冒昧问一句，你母亲叫什么名字吗？”陆老爷问道。

云想想最近对自己的身世很敏感，听到陆老爷这么问，眼神不由得谨慎了起来。

“您问这个做什么？”

“此事说来话长，但你信我，我不会害你。”

会不会害人可不会写在脸上，云想想心想。

但陆老爷的神情不似作假，她又考虑到陆容非这一层关系，几经犹豫后回答道：“我母亲姓‘宁’。”

姓宁？陆老爷仔细回忆了一番，随后颇为激动地问：“她可是叫宁小莲？”

“你怎么知道？”这下，云想想的震惊之情毫不掩饰。

她心跳得厉害，担心是不是仇家找上门来了。

而就在她想出个所以然之前，陆老爷忽然眼眶一红，紧紧盯着她道：“你父亲……你知道你父亲是谁吗？”

云想想呆住了，没回应，陆老爷则继续说：“宁小莲可告诉过你，你父亲是谁？”

“我宁母亲已经去世了。”云想想还是没有直接回应。

“去世了？什么时候的事？”

“有一段时间了。”

陆老爷身子一晃，手里的灯险些掉落。

他的反应实在奇怪，云想想隐约觉得他可能认识自己的生父生母，于是试探性地问：“您为什么要询问我父母的事？”

陆老爷过了好一会儿才望向她，脸上已满是泪水，这让云想想更加不解。

“不知宁小莲有没有跟你提过，你父亲曾有一好友。”

“宁娘亲……来不及说。”

“来不及？她是遭奸人所害吗？”

云想想点点头。

“云兄……云兄我对不起你啊……”陆老爷低声哽咽道。

既然宁小莲已经遭人杀害，那他现在能和云想想相认，也肯定是个圈套无疑了。

云想想听到陆老爷的话，上前激动地抓住木栏，问：“您认识我生父对吗？”

话说完，她怕陆老爷不相信自己的身份，急忙把赵子然给她的残本拿了出来。

陆老爷接过残本翻看了几页，情绪更加激动：“没错！这是云兄的笔迹！”

说话间，他看到了关于云想想名字的那段话，喃喃重复：“想想……想想……云兄，我对不起你啊……”

陆老爷说了两次对不起，云想想以为他是因为没有找到自己才感到歉意，于是也没多问。

将残本还回云想想手中，陆老爷道：“我与你父亲因酒相识，而后成为挚友。你母亲名‘苏婳’，是一商户人家的女儿，性子温婉大方。这样说起来，你真是完完全全遗传了你父亲的性格，一点也不像你母亲，只有模样与你母亲有几分相似。”

陆老爷的眼神很是怀念，看着云想想的时候，像是透过她看到了以前的种种。

云想想有心知道更多关于父母的事，但她还有更要紧的问题。

“那你知道云家当初是遭何人所害吗？”

陆老爷闻言一愣，没回应，只用眼神给了云想想一个肯定的答案。

云想想心领神会，心里“咯噔”一下，那个赵子然没有告诉她的答案，触手可及。

“当年云府出事，我赶过去时那里已是一片火海。检查中，我发现有人逃跑的痕迹，便带人一路追了过去。后来，我们追至一片小树林，刚巧撞见一群黑衣人，其中一人抱着一女婴，正意图灭口，被我手下之人救了下来，我以为那是云兄的孩子，便将其收养，并抚养长大。”说这些话时，陆老爷抓住了云想想的手，悄悄递给了她一个东西。

云想想会意，没有声张，不留痕迹地将接过来的东西藏进袖子里，接着话道：“你说的那个女婴可是孙语柔？”

“没错，为了避免卷入那场祸乱，我携家人来到弄泉县，隐姓埋名。而对外宣布那女婴是我夫人去世的弟弟家的孩子。”

“宁娘亲去世时跟我说，她当时为了保护我，不得不将自己的女儿抛下了……莫非就是孙语柔？”云想想眼睛放光。

如果是这样的话，那宁娘亲的女儿不仅没有死，还过得很好，这样的话她心里也安慰了几分。

“陆老爷，孙语柔肩膀处可有一块花瓣状的红色胎记？”

“有，在左肩处。”

“太好了！那她真的是娘亲的女儿！”这大概是近日来最值得开心的一件事了，不过……

不过孙语柔的娘亲因自己而抛下她，现在又因自己而死，她该怎么跟孙语柔说，又该怎么回报她呢？

“陆老爷，你相信我，孙语柔中毒一事真的跟我无关，就算我不知道她是宁娘亲的女儿，我也不会做这种事。”

“我知道。”陆老爷面色凝重。这事肯定跟给他送信之人有关，只是他现在还不明白，对方将想想送进大牢到底是为了什么，难道只是为了让他们相认吗？

“对了，你以后别再叫我陆老爷了，叫我陆世叔就好了。至于柔儿的事，我们先回陆家再慢慢调查。”

“我们？”

“不错，我之前于那县令大人有救命之恩，如今我亲自保你出狱，他自然会答应。”

“可是陆夫人那边……”

“夫人那边我会解释清楚的。再说了，要是她知道你是云兄的女儿，肯定比我也好不到哪里去。”陆老爷说。

“可是您不在的这些日子里，我跟陆小姐也有些误会……”云想想有些不好意思。

“叫什么陆小姐，你应该叫风瑶一声姐姐。至于你说的误会，是因为那个‘赵不言’吧？”

“您怎么知道？”

“他第一次送瑶儿来陆府我就看出来了。”

“说起来也怪我不好，因为此事牵连甚多，我无法同陆姐姐说清楚，才引来一场误会，还害得陆姐姐被陆容非打了一巴掌。”云想想深深地垂着头，心里万分愧疚。

陆老爷听后非但没有生气，还笑了：“什么？竟然还动手了？看来非儿是真的很喜欢你啊。”

听到长辈说这种话，云想想臊得慌，不敢说话。

“那你对非儿是什么样的感觉呢？”

“我对他……还行吧。”云想想不敢多说，但她这遮遮掩掩的答案反而让陆老爷更开心了，“只是先前因为我爹的事，不忍牵连于他，所以一直不曾认真回应过。”

“那现在你可以放心了。”陆老爷道，“我们这都坦白了，有心人迟早会知道，正好你也不要再折磨非儿了。从小到大，我可是第一次见他对一个姑娘如此动心。”

“真是第一次？”云想想好奇。

先前陆容非说起时，她还以为他在说大话。

“这是自然，陆世叔怎么会骗你？”陆容非故意板起脸，“要是以后非儿敢欺负你，你尽管告诉陆世叔，陆世叔绝对站在你这边。”

云想想听到这话忍不住笑了，先前沉重的氛围一下子散了大半。

“想想。”陆老爷看着笑起来跟云轩越发相似的云想想，表情越发柔和道，“你要是想听你爹跟你娘的事，回去陆家后，陆世叔就天天说给你听。”

云想想内心动容：“嗯，谢谢陆……陆世叔。”记起赵子然的事，云想想又道，“其实赵哥哥也在帮我查明云府当年的真相。”

“赵不言？”

“嗯。”云想想点头。

“赵……赵……”陆老爷思索了一会儿，而后眼神一亮，小声问，“你可知你父亲曾拜入‘文殊’先生门下？”

云想想点头。

“那赵不言是化名吧？”

云想想再次点头，同时心里对陆老爷的聪慧不由得称赞不已。

他竟然从三言两语间就猜到了赵子然的身份！不过由此也能看出，

他确实跟父亲很熟悉。

“他是个可信的人，具体事宜我们稍后一起讨论。”说这话时，陆老爷见管家朝他们这边走来。

“老爷，事情都办好了，衙役等在外面，说您开口他就来放云姑娘出去。”

“嗯，现在就让他过来吧，对了，想想以后就住在陆家了。”

管家点头，毕恭毕敬地改口：“云小姐是继续住春雨苑还是……”

“想想，你的意思是？”陆老爷看向云想想。

云想想颇为不好意思道：“就住春雨苑吧，我习惯了。”

陆老爷看出她的不自在，笑道：“以后你会慢慢习惯许多事的。”

一句话，虽然没有点明什么，但却让云想想感到一阵温暖，来自“家”的温暖。

当天入狱，当天离开，还多了半个家人，今晚发生的事让云想想体验了一把什么叫悲喜交加。

坐在回陆府的马车上，她开始思考回去后该怎么回应陆容非。当然，眼下她更想知道的，还是陷害云家的罪人是谁。

“陆世叔，您说您知道当年的幕后之人是谁？”坐在回陆府的马车内，云想想小声问。

“没错，此事牵连甚大，你先前应该也问过你赵哥哥，他没有告诉

你，你也别怪他。”陆老爷眉头紧锁。

“这我知道，毕竟他身份摆在那里，既然此事需要他亲自调查，这幕后之人怕是地位不低。”

“是啊，地位不低。”陆老爷叹息，“他可是……”

“什么人！”陆老爷话没说完，外面忽然响起护卫的喝叱声。

陆老爷心头一跳，连忙掀开车帘。

外面，一队黑衣人正在和陆府护卫厮杀。黑暗中，刀光剑影和一道道闷哼让人心头发颤。

“老爷！您和云小姐先走！我去找人！”管家反应极快，凑到马车旁道。

“好！你自己小心点！”话说完，陆老爷当即牵着云想想跳下马车，在几名护卫的保护下往城外逃去。

当初，陆老爷刚到弄泉县就料到会有这么一天，为此，他做足了准备，不仅重金聘请身手了得的护卫，还修建了一条密道。

密道入口有两处，一处在城外，一处在陆府。

变故来得突然，云想想虽来不及向陆老爷求证什么，但心里也猜到了几分。

她害怕陆家也因为自己而遭遇像宁娘亲那样的不幸，于是边撤边跟陆老爷说：“陆世叔，他们的目标是我，您自己逃吧！”

陆老爷闻言窝心，脚下不停的同时回应她：“傻孩子，你以为他们的目标真的只有你一人吗？”

“难道不是吗？”云想想不解。

“当然不是，如果他们的目标只有你一人，你以为我为何会突然与你相认？”

“什么？难道我的身世也是他们故意透露给你的？”云想想不由得瞪大眼。

“想想，你当年还小，他们想从你身上得到的，无非是云兄留下的东西。可我跟云兄交情匪浅，你以为他们在发现我的存在后，还会放过我吗？”

“这……”云想想哑口，同时心里内疚不已。

陆老爷明白云想想的心情，解释道：“你也不用自责，当年的事是我主动参与进去的，更何况……你父亲的死与我有着莫大的关系，说起来，应该是我欠你的。”

“你欠我的？陆世叔，你这话是什么意思？难道当年的事还有什么隐情？”

“唉，等安全后我再好好跟你解释吧，但愿你能原谅陆世叔当初的自以为是。”

陆老爷的话让云想想心里不安，她也实在想不通云府出事又会跟他有什么关系。

与此同时，几名黑衣人突破重围，朝云想想他们这边攻来，护在周

围的护卫见状立即迎了上去。

只是刀剑无眼，混乱中，一柄锋利的刀朝云想想挥去，陆老爷大喊一声“想想小心”，伸手将其拉到背后，上前以身挡刀。

温热的鲜血溅在了云想想的脸上，宁娘亲死前的一幕再次在她眼前浮现。

看着陆老爷的身子跌倒在地，云想想瞪大了眼，泪水滚滚滑落。

“陆世叔！”一声嘶吼，云想想跪倒在地。

她颤抖着伸手抱住陆老爷的身体，眼泪还在拼命地流，喉间却再也发不出一丝声音。

原本挥刀的黑衣人正想伸手去抓云想想，但被斜来的一刀挡住了。

身着劲服，脸戴半块白色面具的男子担忧地看了云想想一眼，随后身手利落地逼退四周的黑衣人。

云想想知道有人来救自己了，但她此时却无心去关注那些，眼神紧紧地盯着气息越来越弱的陆老爷。

陆老爷中的这一刀，伤口极深，鲜血很快就浸透了印有吉祥花纹的衣裳布料。

哪怕云想想不懂什么医术，也看得出陆老爷怕是命不久矣了。

撑着最后一口气，陆老爷看着悲痛不已的云想想，像是在看着当年跟他侃侃而谈的男子，笑道：“想想……对不起……我对不起你爹……也对不起云家……”

当年他没能护住云家，但现在，他至少护住了云兄最后的血脉，他不求云兄能原谅他，只求黄泉相见时，云兄还能准他以兄弟相称。

陆老爷死了，他的死对他自己来说是有意义的，但对云想想来说，却是更加深刻的折磨。

此时的云想想不知自己是该痛恨幕后之人，还是该痛恨自己这个身份。沮丧至极之时，她甚至想过一死求解脱，就让当年的事随尘土掩埋，反正已经过去那么久了。

可是理智又不断提醒着她，为了当年的事，已经丢了那么多条人命，而且赵哥哥还在帮着她，她又怎么能先放弃呢？

她放弃了，云家的冤屈怎么办？她放弃了，宁娘亲和陆世叔的性命又由谁来偿还？

恨意燃烧，云想想放好陆老爷的身体，捡起一旁掉落的刀，走到刚被阿七制服的黑衣人身旁，狠狠一刀刺进对方身体。

她不管是不是这个人伤的陆世叔，只报复似的在那人身上乱砍。

眼泪和鲜血混为一体，云想想砍着砍着，就被那股刺鼻的血腥味激得一阵反胃恶心，竟然昏了过去。

阿七在云想想倒地前扶住了她。

同一时间，有人举着火把远远跑来。为了保证云想想的安全，阿七稍稍思考后便带着昏迷后的云想想飞快消失在黑暗中。

而执意要赶来的陆容非，在陆管家的带领下来到现场后，看见的却是满地的尸体和鲜血，他整个人都愣住了。

“爹……”陆容非喃喃喊道，随后发疯似的举着火把寻找陆老爷的尸体。

他一边想快点看见父亲，一边又害怕看见那个最坏的结果。

不过命运终究是残酷的，亦或是他这一生都过得太一帆风顺，所以现实给了他重重一击。

父亲身上穿的，是他出门那天穿的那件锦袍，这件衣裳是母亲最喜欢的，所以父亲离去时便说过，回来当天一定会换上这件。

“爹……爹……”陆容非伸手轻轻触碰陆老爷渐渐冰冷的身体，“您别闹了，您醒醒，孩儿答应您，以后我都不惹事了，一定好好经营酒坊。以后您就不用出远门劳累了，在家好好享福就行，爹……爹你回答我……好不好……好不好……”

陆容非小声的请求让陆管家老泪纵横，半晌后，他声音哽咽着上前劝道：“少爷，此地不宜久留。”

陆容非嘴唇颤抖，忍了又忍，才说道：“什么人？”

陆管家摇头：“老朽不知。”

“你们这趟出门可有结怨？”

“并没有。”

“那这……”陆容非忽然像是想到什么似的，“你说父亲从大牢里将想想接了出来？”

“是的。”

陆容非扫视了周围一圈：“那想想呢？”

“事出突然，老爷让我回去通知你们，自己则带着云小姐往城外赶去，后面的事老朽也不知道。”

密道的事情管家已经告诉了陆容非等人，听闻自家有一个密道，连母亲也很吃惊。

陆容非将众人安排好，这才赶来，却不曾想还是晚了。但他还有一点想不通，那就是这黑衣人是冲想想来的，还是冲陆家来的？

若说冲陆家，为何父亲回来后会第一时间去见想想，而且黑衣人也是在接了想想出来后才出现，更可疑的是，想想也不见了。

她是被抓走了？还是躲起来了？

可若说是冲想想，那父亲为何会修建一条密道，而且密道里面物资充足，就像是父亲早知会有这一天到来似的……

“少爷。”眼见陆容非怔怔地出了神，管家又急切道。

老爷已经不在了，他万万不能让少爷再出事。

四周，灯火渐明，许是见吵闹声没了，这才有人好奇也想来看一看。陆容非明白陆家现在处境不妙，他对陆管家快速道：“我想将父亲尸体带走。”

陆管家没阻止，两人合力抬着陆老爷的尸体快速离开。

至此，今夜无眠的人，怕是又要多上许多。

陆家护卫死在街上，现场还有一群身份不明的黑衣人，而陆府主人也忽然消失，只余一众茫然不知情的奴仆。

这弄泉县，怕是不得安宁了。

第十一章

苦尽甘来不分离

云想想醒来的时候，身处一陌生之地，她茫然地打量了四周一番，才后知后觉想起陆老爷已死的事实，当即掀开被子想下床。

她还没好好埋葬陆世叔的尸体，还没跟陆家解释呢！

可是她脚刚沾地，便双腿一软，险些栽倒在地。

“想想！”熟悉的关切声响起，一双大手将云想想扶住。

云想想循声望去，眼神有些不稳，颤抖着声音叫道：“赵哥哥？”

“是，是我，对不起，我来晚了。”赵子然用力拥着云想想，满脸心疼。

这个魏光，竟然想出这么一招！确实出乎他意料，幸亏他将阿七留在了想想身边，不过阿七却因中了调虎离山之计，没救到陆老爷。

“赵哥哥。”终于有人可依靠，云想想大哭出声，她抱着赵子然，声嘶力竭道，“陆世叔死了，他死了……”

“我知道。”赵子然拍着云想想的后背安慰。

“我该怎么办？我是不是个灾星？先害死了宁娘亲，现在又害死了陆世叔。”

“不，不关你的事。”云想想的泪浸湿赵子然胸前的衣裳，他心里也难受至极。

这事想想没错，错的是他。都是因为他能力不足，想得不够周到，还有就是……他太自私，也太自大了。如果他早点将陆老爷的事告诉想想，或许就不会发生今天的意外了。

“对不起，想想，都是我不好。”赵子然不敢说出真相，只能向她道歉。

云想想摇摇头：“不，与你们无关，都是我……都是我不好……”

“你没错。”赵子然再三强调，“想想，这不是你的错，你不是想知道幕后之人是谁吗？我之前不敢告诉你，就是怕你愤怒中做出什么不理智的事，不过你要是知道那个人是谁，或许就能理解我和陆老爷的担忧了。”

云想想止住哭声，抬起头紧紧盯着赵子然：“赵哥哥，你告诉我吧，我保证不会闹脾气，会乖乖听你安排，只要……只要能报了云家，还有宁娘亲和陆世叔的仇。”

“幕后之人，是魏光。”

“魏光？”云想想睁大眼，“当朝太师魏光？”

“没错。”

“可是……”云想想难以置信，“他妹妹不是我父亲的师妹吗？为什么……”

“想想。”赵子然心疼地摸着云想想的头，“权势地位远比你以为的诱人，因为那个位置的诱惑，以及魏光错误的决定，魏清琪已经跟魏光断绝了兄妹关系，还出家入了寒云寺，他们兄妹自云世伯出事后便再未联系过。”

“那……”云想想脑子有些混乱，一时不知该说什么，反应了好一阵子才急急忙忙从怀里掏出两个锦囊。

“这个是陆世叔悄悄给我的，我还没来得及看，或许跟密函有关！”而密函一旦解开，魏光就能被绳之以法了！

陆老爷是个聪明人，魏光的圈套他肯定早已猜到，但尽管如此他还是去见了想想，并将锦囊交给她，所以，那锦囊内装的必定不会是无足轻重的东西。

赵子然眼神发亮，他内心的激动不比云想想少到哪里去。

而锦囊打开后，里面有两封信。

一封是跟云想想手里那封一样，写着奇怪字符，另一封则是陆老爷的亲笔书信。书信上提及的内容，让云想想如遭晴天霹雳，也使赵子然大惊失色。

上面，道出了当年云府出事的真相。

原来，当初陆老爷和云轩解开密函的内容后，得知幕后黑手的真实身份，纠结不已。并且没过多久，便开始有人暗中监视起云轩的动向。

陆老爷因为担心云轩的安危，便私下将此事告知魏清琪，希望魏清琪能劝劝自己的哥哥魏光。

而他也以为，就算魏光贼心不死，但至少会看在自家妹妹的面子上，不再对云家虎视眈眈。

只可惜，他和魏清琪都看错了魏光。

魏光直接来了个斩草除根。

云府出事前，为了安全起见，云轩和陆老爷一人留着一个小竹筒。由此可见两人情感之深厚。

“怪不得陆世叔一直说对不起我爹，原来是因为这个……”看完书信，云想想心里五味杂陈。

陆世叔的决定虽冲动了些，但他初心毕竟是为了父亲好。如今，如今陆世叔也不在了……她断然是不会怪他的。

云想想重新看了看这封书信，除此以外，书信也交代了密函的解密方法。说是要将两份叠合在一起，透过光才能看懂上面的内容。

怪不得魏光想将陆老爷和云想想一网打尽，原来他们身上都有关于他的罪证！

密函已解，上面还有魏光无法狡辩的实证，这下他无论如何也逃不掉了，不过此去京城路途尚远，魏光必定不会放过他们的。

“想想，陆老爷在信中提及他修了一处密道，你带着这封信，我让阿七将你护送过去吧。”将密函收好，赵子然又把陆老爷的亲笔书信还给云想想。

“那你呢？”云想想问。

“我当然是带着密函回京，揭开云府当年的冤屈。”赵子然笑得一脸轻松。

“不行！我要跟你一起去！”云想想并没有被赵子然表现出来的情

绪蒙蔽，“我现在确实心里烦忧，但还不至于失了理智。阿七将我救走，我就不信魏光不知道这事是你做的！你想要只身前往，无非是要一人承担风险！我不同意！”

赵子然心头一暖，无奈道：“可你跟我一起去也没用啊，我还得分神保护你呢。”

“那我就自己去！你还可以放出消息说密函在我身上，这样你就能少些危险。”

“胡说！”赵子然神色大变，“想想！我不准你有这样的想法，你别以为我不知道你在想什么。我说过了，你没有亲人了，还有我。你不愿面对跟陆家的过往，我也可以帮你解决，我不需要你去牺牲。”

云想想蔫儿了，没说话。

赵子然随即放轻声音：“想想，逃避不是好的解决办法。”

“对不起……”云想想低声道歉。

“没事，有我呢，我在呢。”赵子然轻轻拥住她，“对了，还有件事我要告诉你，孙语柔中毒一事是魏光派人做的，为的就是陷害你入狱，再让陆老爷去接你。”

“下毒之人是谁你知道吗？”

“是孙语柔身边的一个丫鬟，叫欣儿。”

“那她岂不是也可以指证魏光？对了，还有柳青山！”说起来，她好久都没听过柳青山的消息了，宁娘亲的尸体也还没消息。

“这恐怕不行。”赵子然否决。

“为什么？”云想想轻轻推开赵子然，与他对视道。

“因为他们俩都被杀人灭口了，你以为魏光会留下对自己不利的活口吗？”

云想想震惊不已，那一瞬，她脑海雾茫茫的，仿佛快要晕过去了。

许久之后，她捏着手中的书信，问：“赵哥哥，我们真的能打败魏光吗？”

赵子然看着云想想，眼神坚定：“一定能。”

为了这一天，他可是等了十几年啊！

云想想最终还是跟着赵子然一同前往京城。

她到底放不下他，他也拗不过她。

去往京城的途中，阻碍似乎并不多。

云想想虽然疑惑，但也没有多想，直到某日他们途经一小镇去购买干粮时，她看见了一个熟悉的背影。

此时天气已凉，大家都穿得不少。

云想想作男子打扮，以披帛遮脸，追着那个背影来到一条小巷。不过她进入小巷后，对方却忽然消失了。

云想想四处寻找，冷不丁，有人从背后将她挟持住，同时一把匕首横在她脖间。

对方不欲多说，似乎打算直接下手，但被赶来的阿七阻止。

“别动手！”眼见阿七要下狠手，云想想赶紧出声阻止。

而听到云想想的声音，脸上遮挡得只剩一双眼的人，也震惊地抬头朝她望来。

四目相对，两人眼中的情绪，有惊喜，有难过，也有想念……

“陆容非，是你吗？”云想想问，同时拉下挡在脸上的披帛。

对方没说话，缓缓露出一张脸。

这么些时日不见，夜夜入梦的人，似乎变了许多，又似乎没变。他不再是那个潇洒的大少爷了，眼里的沧桑让云想想看着心疼。

“你怎么会在这里？”云想想问。

陆容非没回答，视线转向云想想背后。云想想顺势望去，看见与她同样打扮的赵子然匆匆赶来。

赵子然的表情也颇为吃惊，但同时也有些慌张，云想想嗅到一股不安的味道。

“先离开镇上再说。”过了会儿，赵子然主动开口。

阿七看了眼陆容非问：“他呢？”

赵子然顿了顿，吐出两个字：“带上。”

一路小心谨慎，几人出了镇，等到了没人的地方时，赵子然忽然向阿七使了个眼色。阿七会意点头，调头往林中钻去。

“怎么了？有人跟上我们了吗？”云想想问赵子然。

赵子然笑着摸摸云想想的头：“别担心，有我呢。”

云想想扬起嘴角，点点头。

这些日子赵子然经常说这句话，云想想倒没什么感觉，但在陆容非听来就有些刺耳了，当然，还很刺眼。

余光看到陆容非复杂的眼神，云想想脸上的表情一下僵住了。她垂下头，没有解释，众多烦恼纷沓而至。

云想想的变化赵子然自是看在眼中，而他比云想想更加烦闷。在这里遇见陆容非，是他万万没想到的，而更令他没想到的是，阿七带回来的那个人，居然是孙语柔。

“小柔？你怎么来了？难道你一路都跟着我？”看到孙语柔的陆容非也很是吃惊。

孙语柔打扮得跟云想想无异，只是看起来更加狼狈一些，想来她一路上吃了许多苦。

“容非……哥哥。”孙语柔眼中先是期盼，而后转为忐忑。

事情变得更加复杂，赵子然做主先带大家去到他们找好的落脚地，在场没人反驳。

不过等到了山洞内，似乎谁也没有先开口的意思，阿五识趣地留下干粮，然后将阿七还有其余几人唤了出去。

“想想，先吃些东西吧。”赵子然拿起些干粮递给云想想。

云想想接过，看了看仍然盯着火堆的陆容非，以及时不时瞟向陆容非的孙语柔，说：“你们也吃吧。”

云想想一句话，不知戳中孙语柔哪块痛处，她猛地扭头瞪着云想想，狠狠道：“用不着你假惺惺！要不是你……”

“小柔！”陆容非喝止住孙语柔。

孙语柔瞬间红了眼，泪水不住往下掉："容非哥哥！为什么到现在你还要维护她？你为她做得不够多吗？姑父是被她牵连而死，要不是她，我们用得着天天躲在密道里，成为那不见天日的老鼠吗？要不是她，那些黑衣人会一直找我们，要那什么密函吗？"

"密函？"云想想捕捉到孙语柔话中的关键词，她是如何晓得密函一事的？

陆容非也随之问："你怎么知道的？"

孙语柔先是瞪了云想想一眼，然后才看着陆容非回答："姑父出事前，也就是……你离开那晚。你走后，我又睡了过去，欣儿则在我旁边照顾。迷迷糊糊中，我听见欣儿自言自语什么云想想，密函之类的东西。本来我还不明白她是什么意思，直到陆管家忽然赶回来告诉我们家里有个密道，要我们躲进去。欣儿也忽然不见了。你说——"孙语柔把矛头指向云想想，"难道不是你安排欣儿在我身边，并派人给我下毒，然后又牵扯出什么密函吗？"

听到前面，云想想还以为孙语柔真知道了事情真相，正想着该怎么跟陆容非说清这些弯弯绕绕，却不想孙语柔猛地把矛头指向了她。

"容非哥哥，像她这么恶毒的女人，为什么你还是对她念念不忘，甚至一路找来呢？"孙语柔痛心万分地看着陆容非。

听到孙语柔说云想想恶毒，陆容非还没解释，赵子然坐不住了："你这是哪儿来的臆断？别把什么脏水都往想想身上泼，她才是真正的受害者。"

“你跟她是一伙儿的！当然帮着她说话！”孙语柔指着赵子然愤愤大喊。

她说这话时阿七刚好进来给赵子然送水喝，见状当即吼道：“大胆！三皇子也是你能指的！”

一句“三皇子”落下，陆容非和孙语柔都愣住了，只有云想想没有反应。

“三皇子？”陆容非看了看赵子然，又看了看云想想，“想想，这到底是怎么一回事？”

云想想犹豫再三，将一切全盘托出，但没有提及陆老爷当年因错误判断，导致云府遭遇灭顶之灾的事。

一番话说完后，诸多疑问解开了，气氛也更加凝重了。

率先打破沉默的是陆容非，他看了看备受打击的孙语柔，也神情恍惚道：“所以说，你才是爹故友的女儿？你们是因为密函才遭人追杀，而我爹……是为了保护你而死？”

云想想垂着眼，点了点头。

陆容非一声轻笑，又问：“那你还有什么要跟我说的吗？”

云想想沉默许久，回：“没有。”

“好，我知道了。”陆容非出口的语气异常平静，“你放心，天一亮我就离开。”

“我让赵哥哥派人送你们……”

“不用了，反正我身上也没有密函。”话说完，陆容非起身走出了山洞。

看着陆容非微微佝偻着身体，云想想险些就要追上去，但最终硬生生止住了，最后，是孙语柔跟了出去。

阿七在赵子然的示意下跟去保护陆容非和孙语柔，洞内只剩云想想和他两人。

片刻寂静后，赵子然道："有什么想问的，你说吧。"

云想想眼眶泛泪："密函在陆家的事是你散播出去的吗？所以我们这一路才这么顺利？"

"没错。"

"为什么这么做？"

"我派人看过，陆家密道做得极为精巧，从外部打开几乎是不可能的，而且我也派了暗卫守在不远处，这样做，是为了让我们进京的路程更顺利，也更容易些。"

"是吗？那这么说来，你都是算好了的？"

赵子然没回答。

云想想一脸受伤的神色："赵哥哥，你告诉我，还有什么事也是你算计好了的？"

"想想……"赵子然语气有些慌乱。

云想想接道："陪在我身边，让魏光对我起疑，你再借他手查明我身份，是不是也是你计划里的一部分？"说着说着，云想想眼眶里的泪掉了出来。

赵子然没回答，算是默认。

他早说过，他的想想虽然有时会犯迷糊，但其实并不笨。她犯迷糊也只是因为不愿将对方想得那么阴险而已。

“赵哥哥，你说过，就算我没有一个亲人在身边，我也还有你。我信了，但你怎么能拿我的信任，当成你计划的一部分呢？引出魏光那件事就算了，毕竟你当时还不确认我的身份，可是你明知我有多在乎陆容非，为什么还要让他，让陆家其他人涉险呢？”

“我是为了大局着想……”

“不对，我不该责怪你。”云想想打断赵子然的话，“是我太自不量力，一定要跟在你身边，是我没有听你的话，不愿躲去陆家的密道里。因为我想着，这一路凶险，我不愿等来再也见不到你的消息，因为你是我在这个世上唯一的亲人啊！”

这一下，赵子然呆住了。

他一直以为云想想不去陆家密道，是因为不知怎么面对陆容非和其他陆家人，却不曾想到她是因为担心再也见不到自己。

“想想……”赵子然后悔了，后悔极了，他工于心计、猜测人心，但他却忘了，人心是那么不可猜测的东西。

“赵哥哥，你能让我一个人静一会儿吗？”云想想请求似的开口。

赵子然收回想要拥住她的手，默默起身，往外走去。

洞门口，阿五和其他人守在暗处，见赵子然出来阿五才现身。

“主子，您……没事吧？”阿五小心询问。

“我没事，陆容非呢？”

“在那边，阿七看着。”阿五指了个方向。

“那孙语柔呢？”

“她刚刚是追着陆容非去的，但两人好像因为一些事起了争执，现在跑去了另一边，不过也有我们的人守着。”

“嗯，你看着想想，我……去找陆容非聊一聊。”

从小到大，旁人对赵子然这位三皇子的评价，一直是“潇洒自在、无欲无求”，殊不知他并非如此。

他不是不求，而是因为他所求皆已有。所以他也不知道“放弃”和“退让”是一种怎样的感觉。

可是现在，他不愿再像过去那样执着了，因为有些事、有些人，就像是沙子，你握得越紧，便流逝得越快。

“你来做什么？不用陪着想想吗？”看见赵子然，陆容非平静道。

赵子然失笑：“你还真是大方，就不怕我趁机上位吗？”

“就算你不趁机，我也打算放弃。”

“为什么？”赵子然吃惊，“是因为你爹吗？”

“是，也不是。”陆容非表情复杂，顿了顿才道，“我了解想想，虽然她说那些话像是在逼我做出某种选择，但其实她心里肯定比我更难过。更何况，发生这种事，也确实非她所愿。”

赵子然闻言攥紧手中拳头，心中苦涩，同时更对陆容非嫉妒不已。

明明他们差不多时间认识想想，他也自以为比陆容非对想想了解得更多、更深刻，可陆容非都能看懂的事，他却没看懂，还硬是让想想伤了心。

“赵子然，我求你一件事。”

“什么事，你说。”

“一定要揭露魏光的罪行，给云家，给想想，还有陆家和小柔的生母报仇。”

“这话你不说我也会去做，只是你想说的恐怕不是这个。”赵子然露出怀疑的眼神。

陆容非失笑：“对啊，我想说的不是这个，我真正想说的是，今后的日子你一定要好好照顾想想。”

“那你呢？你放弃她了吗？”

“当然不是，我只是不知道自己还有没有机会再见到她罢了。”

“为什么这么说？”

陆容非没有正面回答，而是反问道：“距离京城还有一些路吧？”

他此话一出口，赵子然猛然意识到什么：“你想当诱饵？”

陆容非坦诚地点点头。

赵子然又道：“你这一路前往京城，应该也不是像孙语柔说得那样，是来追想想的吧？”

“不是，我只是将计就计罢了。”

赵子然眼神一震：“你是什么时候知道的？”顿了顿他又问，“是孙语柔告诉你的？陆家其他人也知道吗？”

“小柔的猜测我也是今天才听说，她应该没有告诉任何人。”陆容非否定，“我是某日去外面打探消息时，因巧合捉住一名监视我的黑衣人，并从他那里知道了一些消息。具体的事那黑衣人不清楚，只一个劲问我要密函，不过既然是密函……我大胆猜测，或许跟国家大事有关，便一路前往京城。一路上，我时不时留下些记号，好引黑衣人远离弄泉县。直到今天遇到你们，我才弄明白到底是怎么一回事。”

赵子然没说话，只是紧紧盯着陆容非。

“‘赵不言’……不，现在应该叫你三皇子了，我不介意当这个诱饵，但我希望你能保陆家人平安。还有……不要辜负想想，不然我做鬼也不会放过你。”

林间，风声婆娑，赵子然被陆容非的话震撼到，半晌才找回自己的声音。

他低笑一声：“陆容非，我真的输给你了，心甘情愿的那种。”

当晚，几人各占一小块地，靠在洞壁上休息，没有说话。

脑子里浑浑噩噩的，云想想也不知自己是怎么睡着了，而且迷迷糊糊间，她似乎感觉到有人轻轻触了触她的脸。

“陆容非……”云想想梦呓般道，“不要走，我喜欢你……我喜欢你啊。”

那只手一僵，然后似是响起一声轻笑，还有一道低低的声音：“小傻子，你终于承认了吗？我也喜欢你，等我……”

那个声音落下后，脸上的温度陡然消失，云想想下意识伸手去捉，却整个人往前一栽，彻底清醒了过来。

外面，天色已亮，云想想眨眨眼，有些反应不过来。

离她不远的地方躺着睡梦中泪痕犹在的孙语柔，其余人都不在。

是梦吗？云想想问自己，可如果是梦的话，梦中的触感未免也太过真实。

像是想到什么，云想想猛然起身，往洞外走去。不过她还没到洞口就撞上了正往里走的赵子然。

“陆容非呢？”她问。

“我让阿七送他回去了。”

“为什么孙语柔还在？”

“一起离开目标太显眼，等她醒来再送她走。”

“那密函的事……”

“澄清了，所以从现在起，我们接下来的路就没那么好走了。”

“没关系，我不怕。”云想想大大松了一口气，赵子然则苦笑。

不一会儿，孙语柔醒了过来。不同于昨日的激动，她今天格外沉默，看向云想想的眼神也十分复杂。

不知是不是云想想的错觉，她总觉得孙语柔眼里似乎没什么恨意。

思考再三，云想想走到孙语柔身边道：“等吃完早饭，赵哥哥就派人送你回去。”顿了顿，她又道，“我没有想要跟你争什么。”

“你这话什么意思？”

云想想不好直接说明，只道："就字面意思……"

孙语柔哼笑出声："那我说我要容非哥哥，你也会成全我吗？"

云想想没讲话，只点头。

她对孙语柔是有愧疚，还有陆家……

云家之灾虽与陆之航有关，可最终陆之航为救她牺牲了性命。

如今，陆家也因为她而不得不过上躲躲藏藏的生活，因果循环，谁都一样可悲。

只是，最无辜的不是别人，却是宁娘亲和孙语柔了。

"云想想，你是不是觉得我很可怜？"然而，孙语柔并不领情。

"我……没有。"

"说谎。"孙语柔不屑道，"我不否认为了得到容非哥哥曾用过一些手段，但我不是乞丐，不需要别人的施舍和同情。"

"可是你不是喜欢他吗……"云想想小声道。

"没错，我是喜欢他，那你呢？你敢承认吗？"

孙语柔的反常让云想想有些摸不着头脑，她不懂对方为什么对自己的退让这么愤怒。

而孙语柔看到云想想懵懂的表情更加来气，别过头懒得再理她。

其实不是孙语柔矫情，想要硬气地跟云想想争，而是陆容非在离去前把云想想隐藏的那部分真相告诉了她。

所以，明明云想想才是最可怜的那一个，为什么她老是对别人心生同情和愧疚呢？

孙语柔不明白，真的不明白。

而孙语柔之前这么问陆容非的时候，陆容非则笑着跟她说：“因为她是云想想啊。”

仅仅一句话，孙语柔便失去了所有“斗志”。

她终于看清容非哥哥眼里炽烈到灼痛她双眼的感情，她终于不得不告诉自己，无论她再怎么努力，容非哥哥都不会喜欢上自己……

与孙语柔分别后，接下来的路果然很“难走”。时不时冒出来的明枪暗箭，让云想想一行人防不胜防。

云想想再也没睡过一个安稳觉。不过每当她因一点风吹草动而惊醒的时候，心里却不觉得苦闷，反而很是安心。

因为这样就代表，陆容非他们是安全的……

磕磕绊绊，五日后，几人行至下一个镇子以补充干粮物资，也顺便让云想想洗个澡。

他们几个男人在外清洗倒是无所谓，可云想想毕竟是个姑娘家，有诸多不便。更重要的是，赵子然舍不得让云想想如此狼狈。

为了安全，赵子然叫了两个姑娘陪云想想一同进入房间。

表面说是要她们服侍云想想洗澡，其实是为了发生什么意外时好有人通知。

只是人算不如天算，赵子然等了许久都未见云想想出来，待情急之下闯进屋后，却见那两名姑娘被绑住了手脚，嘴里塞了布团。

而云想想，则不知去向。

“人呢？”扯出其中一人嘴里的布团，赵子然焦急万分。

那姑娘眼泪横飞，似乎被吓得不轻，结结巴巴道：“不、不知道……我们正准备给姑娘宽衣，就、就从窗户进来一黑衣人，还是姑娘给、给我俩求情，那人才饶了我们一命。”

“对方可说了什么？”

“没有，倒是姑娘有话。”

“什么话？”

“她说叫你们走。”

云想想曾答应过赵子然，不会因为宁娘亲做傻事，但那是在密函没解开之前。

而眼下魏光定罪几乎是板上钉钉的事，她又怎会任宁娘亲的尸体再遭罪呢？

“我娘亲的尸骨呢？”跟着黑衣人来到目的地，云想想警惕地打量了一下四周问道。那人此前来说，知道她宁娘亲尸骨在何地，因此，云想想才跟了过来。

黑衣人没理她，而是对某个方向道：“主子，人带来了。”

云想想顺势望去，这才发现在不远处的大树下站着一人。

那人看着年龄跟陆世叔差不多，气质温润，衣着质朴。

此时，他正抬头瞧着树顶，对黑衣人的话不闻不问，而黑人在汇报完后便兀自离开了，云想想站在原地没动弹。

“你可知此树年岁几何？”良久，男子开口道。

云想想不确定他是否在跟自己说话，也不准备回答他。

不过男子同样不在乎，犹自道：“它比你我加起来还大，但是你看啊，纵使它活了这么个岁数，也难逃成为炉中柴火的命运。”

男子一番话说得没头没尾，云想想却对他的身份有了猜测。

“魏光。”云想想咬牙切齿。

男子收回视线，侧头望向云想想，浅浅的笑容里带着诧异：“你同云轩一样聪慧。”

“你没资格提我父亲！”

“哦？”魏光朝云想想走了两步，“你是不是误会我了？”

“云府几十条人命，在你眼中就是个误会吗？”云想想怒极反笑。

“人命自然不是误会。”魏光缓缓道，“只是在功成名就的道路上，难免会有牺牲，况且，我给过他机会，是他不接受。当然，我现在也愿意给你一个机会，密函给我，宁小莲的尸身和你的命，留给你。”

“呵！笑话，你会这么好心？你难道不会拿到密函后再一次斩草除根吗？”

魏光笑着摇摇头，道：“如果你眼里看见的是康庄大道，留几条活路给蚂蚁又有什么关系呢？”

魏光跟云想想想象中的乱臣贼子不一样，他学识渊博，逻辑清晰，更没有时刻喊着打打杀杀。

“你为什么要做这种事？”云想想忍不住问。

“这种事？”魏光仍旧脸上带笑，“你没说的那个词是‘谋反’吗？你觉得我为什么这么做呢？”

“我不知道。”

“其实我也不知道。”

“怎么可能？”

“为什么不可能？就像饿了吃饭，渴了喝水，而我只是想要这锦绣江山。”

听到这句话，云想想毛骨悚然。她终于能理解为什么赵子然起初不敢告诉她幕后之人是魏光了。

这人可真是个彻头彻尾的疯子！

“你把宁娘亲还给我，我把密函给你。”云想想取出一个锦囊道。

魏光看了眼锦囊，满不在乎：“可是里面又没有密函，你拿什么跟我交换？”

云想想眼神一震，强作镇定：“谁说没有，我会拿自己的性命开玩笑吗？”

“对呀，我也好奇，你为什么要拿自己的性命开玩笑？不过没关系，有人在乎就好。”

“你这话什么意思？”

魏光笑而不语，而云想想也很快就明白了他在说什么。

随着急促的脚步声，云想想看见跟暗卫一同赶来的赵子然。

看到云想想平安无事，赵子然长舒一口气，随后眼神凶狠地盯着魏光："放她离开，你想要的东西在我这里。"

说着，他也取出一个锦囊。

看到赵子然手里的锦囊，魏光没有急着去拿，而是先给赵子然行了礼，称其一声"三皇子"。

"少来这一套。"赵子然面上的厌恶不加掩饰。

魏光还在笑，但这次却多了几分真心，他说："没事，反正这是老臣最后一次叫您了。"

随着他话音落下，林中忽然冲出大量士兵，战斗一触即发。

铿锵的刀身碰撞声中，没有一个人针对云想想，她站在原地干焦急，情急中甚至问魏光为什么不能放过赵子然。

"他跟你不一样。"魏光悠然自得地回答，"你是蚂蚁，陆家也是蚂蚁，但他却是块会绊脚的石头。"

"所以你一开始就知道我没有密函，而你用宁娘亲的尸骨引诱我来，最终目的也只是赵哥哥？"

"没错，不过，你不用担心，我向来说话算话，你和你宁娘亲都可以离开。"话说完，魏光拍了拍手，一士兵将宁小莲的尸体抬出，并放在云想想面前。

"你看，我还特意用秘法保她尸身不腐，为的就是今日让你们母女好相见。"

"你！"云想想气得说不出话，也怪自己愚笨，居然中了这么明显的圈套。

她应该早看出来的，如果不是另有所图，黑衣人怎么可能那么好心留下活口？

魏光这边早有预谋，赵子然那边则注定了节节败退，目睹了这一切，云想想感到极度乏力。

她甚至想过跟魏光同归于尽，但这也只是想想而已，因为她很清楚自己连魏光的衣角都还未摸到，便会做了那刀下亡魂。

不过就在云想想绝望无力的时候，眼前情况再次反转。

忽然间，一队着装整齐的精兵出现。

“保护三皇子！”带头人喊道。

云想想见状精神一震，但叫她吃惊的不是前来救援的帮手，而是站在带头人身旁的陆容非。

陆容非？他不是被阿七送回去了吗？怎么在这里？

上前两步，云想想欲找陆容非问清楚，与此同时，陆容非脸色大变，疾步朝她冲来。

耳边是空气被锋利金属破开的声音，腰间也瞬间被一双温暖的大手托住。

云想想被迫转了个方向，她没看见发生了什么事，但猜也猜到了。

同样的事，又一次在她眼前上演。

“不……不要……陆容非！不要！”感受着无力搁在肩头的脑袋，云想想撕心裂肺地喊道。

另一边，手持空弓的魏光，早已被控制住。

“陆容非……”云想想紧紧抱着怀中之人，眼泪像是决堤的洪水，“你怎么了？你别吓我啊……陆容非！”

然而，那个年轻的男子却无力地躺在她怀里，似是不省人事。

“陆容非……”云想想的抽泣声中夹杂着丝丝愤怒，她抬起头，目光凶狠，“魏光！”

话说完，云想想捡起掉落在地的箭，猛地起身就要朝魏光冲去。但手却被人捉住了。

“咯咯，你、你要去哪儿？”熟悉的声音响起。

云想想眼中的泪猛然止住，她低头望向怀中那张笑容灿烂的脸，难以置信道：“你没事？”

“有事。”陆容非皱眉扯开衣领，露出穿在里面的软甲后，摸了摸后背，“没想到他一把年纪，手劲还这么大，痛得我半天没回过神。”

云想想呆愣住，许久才眨眨眼，将陆容非的衣领扯得更开一些，问：“软甲？”

“对啊，幸亏我穿了软甲，不然你就要守活寡了。”说着，陆容非笑嘻嘻地在云想想怀里蹭了蹭。

云想想的神情有些复杂，但却没有推开他，或者说她现在更想问清另一件事。

“你不是回去了吗？”

“哪儿呀，我跟赵……三皇子商量好了，你们这边放出密函的消息继续赶路，我则借口回陆家，实则带着密函先行入京面见圣上。”

“所以你们这是串通好的？”

“这不是没办法的事嘛，三皇子说了，既然这魏光喜欢调虎离山，那咱们就给他来个瓮中捉鳖……哎哎哎！想想，你怎么又哭了？我这不是没事吗？而且魏光也被捉住了。”

陆容非还在说，云想想却又忽地哭了出来，急得陆容非手忙脚乱。

他不得不离开云想想的怀抱，转而将她搂进怀里安慰。

“想想，三皇子都跟我说了，你没有对不起我，更没有对不起陆家，我还怕你不愿意接受我呢。不过我走的那天听到你说梦话，说喜欢我，你是不知道，我都开心死了！所以想想……嫁给我好不好？”

“那可不行。”云想想还没回答，赵子然的声音便传来。

陆容非猛地抬头：“喂！你怎么说话不算话，你说我要是能在五日内带着援兵赶到，你就不再觊觎想想！”

“我可没那么说。”赵子然摆摆手，“我只说我会给想想一个自由选择的机会，万一她觉得我更好呢？”

陆容非睁大眼，却又无话可说。而云想想早已从他怀里抬起了头。

她两个眼睛哭得红肿，此刻正气呼呼地瞪着陆容非。

陆容非脖子一缩，小声求饶：“媳妇儿，给点面子，有事我们回去再说。”

云想想闻言一顿，愤怒变成羞涩，这下脸跟眼睛一样红了：“你不要脸！谁是你媳妇儿了？”

陆容非笑道：“对呀，我就是不要脸，我说过，我这辈子只对你一个人不要脸。”

“陆容非！”云想想一声吼。

而在两人吵吵闹闹的时候，赵子然不知什么时候默默退场了。

讲心里话，他还是放不下想想，就像孙语柔肯定也还是放不下陆容非。不过爱情这东西不是交易，不是有付出就有收获，有时候，放手才是更好的选择。

“主子，陆家那边安顿好了。”阿七在赵子然身后站定道。

赵子然点点头，看了眼伸长脖子让云想想抽自己的陆容非，道：“走吧，我们回宫，让阿五送想想和陆家小子回去。”

“阿五？不让我去吗？”阿七不解。

“不用了。”赵子然收回视线浅笑，“她现在有能保护她的人了，等那家伙没办法好好保护她的时候，你再帮我将她抢来。”

“嗯？抢？主子，这不太好吧……”

“我上次听阿五说，玉贵妃在给您挑皇妃呢。”

“哎，主子，你走那么快干吗？”

“阿七！”

“什么事，主子？”

“你要是再多嘴，我就让母妃也给你挑一个媳妇。”

片刻后。

“主子，阿七还有一个问题，就一个。”

“有话快说。”

“您跟陆家少爷，谁更爱云姑娘啊？”

赵子然停下脚步：“谁更爱她不重要，重要的是，她爱的是谁。”

她跟陆容非在一起时的笑容，跟他在一起时从未出现过，所以他愿意放手。

想想，你一定要幸福。